KB026662

소녀,
소년을 만나다

GIRL MEETS BOY
by Ali Smith

Copyright ⓒ 2007 by Canongate Books Ltd.
Korean Translation Copyright ⓒ 2008 by MUNHAKDONGNE Publishing Corp.

This Korean edition is published by arrangement with
Canongate, Inc. through Sinwon Agency.
All Rights Reserved.

이 책의 한국어판 저작권은 신원 에이전시를 통해
Canongate 출판사와 독점 계약한 (주)문학동네에 있습니다.
저작권법에 의해 한국 내에서 보호를 받는 저작물이므로
무단 전재 및 무단 복제를 금합니다.

이 도서의 국립중앙도서관 출판시도서목록(CIP)은
e-CIP홈페이지(http://www.nl.go.kr/cip.php)에서 이용하실 수 있습니다.
(CIP제어번호 : CIP2008000663)

소녀,
Girl Meets 소년을
Boy 만나다

알리 스미스 장편소설 | 박상은 옮김

문학동네

루시 쿠스버트슨에게
새라 우드에게

멀리 어떤 다른 범주에,
우리의 영혼과 육체를 에워싸고 있는 속물근성과
번쩍이는 외피로부터 멀리 떨어진 어떤 곳에
새로운 새벽을 밝힐 도구가 만들어지고 있다.

E. M. 포스터

정의되지 않은 것을 불신함은 협소한 세계의 표시이다.

조지프 로스

나는 역사와 신화의 차이, 혹은 표현과 비전의 차이를
생각하는 중이다. 인간은 설화를 필요로 하면서도 동시에
이야기의 감옥에서 탈출하고자 하는 욕구를 지닌다.

캐시 애커

성은 안정적인 정체성으로 해석되어서는 안 된다…
그보다는 시간과 더불어 서서히 확립되어가는
정체성이라 할 수 있다.

주디스 버틀러

오직 불가능한 것들을 연습하라.

존 라일리

차례

나 … 011

너 … 063

우리 … 099

그들 … 131

모두 함께 … 177

감사의 말 … 193

4

내 소녀 시절의 이야기를 들려주마, 하고 할아버지가
말했다.

토요일 저녁이었다. 우리는 토요일이면 늘 할아버지
댁에서 지냈다. 거실의 소파와 의자를 모두 벽 쪽으로
밀어 붙이고 방 한가운데에 있던 티크재 커피 테이블도
창가로 옮겨놓았다. 오렌지와 달걀을 가지고 하는 저글
링과 앞뒤로 구르는 공중제비, 굴렁쇠 넘기, 물구나무
서기, 손으로 걷기 등의 수업을 위해 바닥도 깨끗이 치
워놓았다. 물구나무서기를 할 때 할아버지는 우리가 균
형을 잡을 수 있도록 다리를 붙잡아주었다. 할아버지는
할머니를 만나 결혼하기 전에 서커스단에서 일했다고

한다. 머리를 바닥에 대고 물구나무를 선 다른 단원들 위에서 물구나무를 선 적도 있었고, 템스 강에서 줄타기를 한 적도 있었다고 한다. 템스 강은 런던에 있는 강으로, 아빠 서가에 있는 도로 안내서에 의하면 여기서 527마일 떨어진 곳에 있다. 템스 강에서였나? 할머니가 말했다. 나이아가라 폭포에서가 아니고요? 아, 나이아가라, 할아버지가 말했다. 거긴 별세계지.

곡예 연습을 마치고 나서 〈블라인드 데이트〉를 시청하기 전이었다. 가끔 〈블라인드 데이트〉 대신 〈제너레이션 게임〉을 볼 때도 있기는 했다. 〈제너레이션 게임〉은 엄마가 즐겨 보던 프로그램이다. 우리가 태어나기도 전인 아주 옛날, 엄마가 우리만큼 어렸을 때. 하지만 엄마는 더이상 여기 오지 않았고, 어쨌든 우리는 〈블라인드 데이트〉를 더 좋아했다. 〈블라인드 데이트〉에서는 사회자인 실라 블랙과 칸막이를 사이에 두고 매주 어김없이 한 남자가 세 여자 중 하나를 선택하고 한 여자가 세 남자 중 하나를 선택한다. 그러고는 지난주에 선택받은 남녀가 다시 나와 그들의 데이트에 대해 이야기한다. 데이트는 대개 엉망으로 끝나기 십상이지만, 그럼에도 이 프로그램에는 늘 결혼(이혼하기 전 단계를 일

컫는 말)이 성사될지도 모른다는, 그리하여 실라 블랙이 모자를 쓰고 그 결혼식에 참석할지도 모른다는 기대감 같은 것이 있었다.

그런데 실라 블랙은 여자인가, 남자인가? 이도 저도 아닌 것 같다. 그녀는 원한다면 얼마든지 남자 출연자들을 볼 수 있었고, 칸막이를 돌아 들어가서 여자 출연자들의 얼굴을 볼 수도 있었다. 마법사처럼 사물의 양면 사이를 미끄러지듯 빠져나갈 수가 있는 것이다. 그녀가 그렇게 할 때마다 청중은 늘 웃으며 즐거워했다.

바보 같은 소리 작작해, 앤시아. 밋지가 우습다는 듯이 말했다.

실라 블랙은 60년대 사람이란다. 할머니가 말했다. 마치 그것으로 모든 것이 설명되기라도 한다는 듯이.

저녁 식사를 마치고 아직 씻으러 가기 전 차 마시는 시간이었다. 평소와 배치가 달라진 의자에 앉는 것은 늘 신나는 일이다. 할아버지는 밋지와 나를 각기 한쪽 무릎에 앉힌 채 팔걸이의자에 기대앉아 할머니가 앉기를 기다렸다. 할머니는 자신의 팔걸이의자를 전기난로 가까이 끌어다놓고 커피 테이블을 힘껏 밀어 축구경기 결과를 볼 수 있도록 했다. 테이블이 바닥에 긁힐 때의 소리가 어떠했을지는 굳이 말하지 않아도 짐작하리라. 그러고는 테이블 밑의 잡지들을 정리한 후 자리에 앉았다. 찻잔에서 김이 올랐다. 우리 모두 입 안에서 버터 바른 토스트 맛이 났다. 적어도 내 생각에는 그렇다. 우리는 모두 같은 토스트, 아니 보다 정확하게 말하면 같은 토스트의 서로 다른 부분을 먹고 있었기 때문이다. 그러자 걱정이 되기 시작했다. 우리가 느끼는 맛이 서로 다르다면 어찌할 것인가? 토스트가 부위별로 맛이 전혀 다르다면? 어쨌든 내가 베어 먹은 두 군데는 서로 다른 맛이 났다. 나는 방 안을 빙 둘러서 다른 사람들을 죽 훑어보았다. 입 안에서 다시 토스트 맛이 났다.

그래, 소녀 시절에 내가 일주일간 감옥살이를 한 이야기를 한 적이 없단 말이지? 할아버지가 말했다.

무슨 일로 감옥에 가셨는데요? 내가 말했다.

여자아이가 아닌데 여자아이라고 말하고 다녀서요? 밋지가 말했다.

어떤 말을 썼기 때문이란다. 할아버지가 말했다.

무슨 말이요? 내가 말했다.

선거권 없이는 골프장도 없다라는 말이지. 나와 내 친구는 골프장 잔디 위에 그 말을 썼다는 이유로 잡혀 들어

갔단다. 내가 염산을 사러 갔을 때 약사가 묻더구나. 너 같은 어린 소녀가 무슨 일로 염산을 사려는 게냐? 하고 말이야.

할아버지, 그만 하세요. 밋지가 말했다.

열다섯 병이나 되는 염산을 어디다 쓰려는 게냐? 하고 그가 말했지. 나는 어리석게도 사실대로 털어놓았단다. 그것으로 골프장에 글을 쓸 작정이라고. 그는 내게 염산을 팔았지만, 그런 다음에 경찰서를 찾아가 해리 캐치커트에게 내 이야기를 했어. 그렇지만 우리는 감옥행을 자랑스럽게 생각했지. 경찰이 잡으러 왔을 때에도 스스로가 대견스러웠어. 나는 경찰서에서 전부 이야기했단다. 내가 그런 일을 한 것은 우리 어머니가 투표는 커녕 자기 이름조차 쓸 줄 모르기 때문이라고. 너희 증조할머니는 X자로 이름을 대신했더랬어. X X X. 메리 이조벨 건. 그리고 우리가 진흙 행진을 했을 때 얘긴데, 아, 그 사건은 진흙 행진이라는 이름으로 불렸단다. 왠지 아니?

진흙 때문이에요. 내가 말했다.

스커트 밑단이 온통 진흙투성이가 될 만큼 지독한 진창길을 걸었기 때문이지. 할아버지가 말했다.

할아버지, 그만. 밋지가 말했다.

그때 모인 사람들의 입에서 나오는 다양한 사투리를 너희가 들어보았어야 하는데. 마치 온갖 새들의 노랫소리가 한꺼번에 울려 퍼지는 것 같았단다. 찌르레기, 방울새, 갈매기, 개똥지빠귀, 칼새, 댕기물떼새 등 온갖 종류의 새 소리가 섞여 있다고 한번 상상해보렴. 맨체스터, 버밍엄, 리버풀, 허더스필드, 리즈 등 전국 각지에서 사람들이 몰려들었지. 모두 옷 만드는 일을 하는 소녀들이었어. 그때 우린 대부분 직물공장에서 일했거든. 글래스고에서, 파이프에서, 심지어 여기서도 소녀들이 나가 행진에 참여했단다. 당국에서는 곧 겁을 집어먹고 우리를 제지할 새로운 법을 제정했어. 열두 명 이상의 사람들은 함께 행진할 수 없고, 무리 지어 행진하는 각각의 그룹은 서로 오십 야드 이상의 거리를 유지해야 한다는 거였지. 우리가 행진할 때, 그리고 많은 사람들 앞에서 연설할 때 저들이 우리에게 무얼 던졌는지 아니?

달걀과 오렌지요. 내가 말했다. 그리고 진흙이요.

토마토와 생선 대가리요. 밋지가 말했다.

그리고 우리는 재무성과 내무성, 국회의사당에 무얼

던졌는지 아니? 할아버지가 말했다.

생선 대가리요. 내가 말했다.

역사적인 공공건물에 생선 대가리를 던진다고 생각하니 몹시 우스웠다. 할아버지가 나를 꼭 끌어안으며 말했다.

아니란다. 돌을 던졌어. 창문을 깨뜨리려고.

숙녀답지 못한 짓이에요. 밋지가 할아버지의 얼굴 저편에서 말했다.

사실 말이지, 밋지 양…… 할아버지가 말했다.

내 이름은 밋지가 아니에요. 밋지가 말했다.

사실 우리는 매우 숙녀답게 행동했단다. 직접 만든 조그만 리넨 가방에 돌을 담아 와서 던졌으니까. 정말 숙녀다웠지. 하지만 그런 건 신경 쓸 것 없다. 신경 쓸 것 없어. 이 이야기를 들어보렴. 듣고 있니?

어서 말씀해보시구려. 할머니가 말했다.

버닝 릴리라고, 거 왜 건물에 불을 지른 것으로 유명한 북동부 소녀 있잖아, 그 사람이 국외로 빠져나갈 때 내가 절대적으로 중요한 역할을 했는데, 그 얘기 들은 적 없지?

없어요. 내가 말했다.

없어요. 밋지가 말했다.

그래, 그렇다면 말해주지. 말해줄까? 할아버지가 말했다.

네. 내가 말했다.

좋아요. 밋지가 말했다.

정말이냐? 할아버지가 말했다.

네! 우리가 합창을 했다.

버닝 릴리는, 하고 할아버지가 말했다. 유명했어. 여러 가지로 유명했지. 그녀는 무용수였고, 아주 아주 아름다웠어.

젊은 여자들의 선망의 대상이었지. 할머니가 텔레비전에서 눈을 떼지 않은 채 말했다.

어느 날, 하고 할아버지가 이야기를 계속했다. 그녀의 스물한번째 생일, 즉 그 아름다운 (물론 너희 할머니만큼은 아니지만) 버닝 릴리가 성인이 되던 날—스물한 살이 되면 성인이 되었다고 본단다—그녀는 거울을 보며 자기 자신에게 말했어. 더이상은 못 참아. 잘못된 것을 바로잡아야 해. 그러고는 그 길로 나가서 스스로에게 주는 생일 선물이라 여기고 창문을 깨뜨렸지.

우스꽝스러운 생일 선물이네요. 밋지가 말했다. 나

같으면 스포츠카를 원했을 텐데.

그러나 그녀는 곧 창문을 깨는 것이 좋은 출발이기는 하지만 그것만으로는 부족하다는 것을 깨달았어. 그래서 빈 건물에 불을 지르기 시작했지. 그것은 효과가 있었어. 당국의 주목을 받게 되었으니까. 그녀는 불을 지를 때마다 교도소에 수감되었지. 그리고 감방에서 무얼 했는지 알아?

뭘 했는데요? 밋지가 말했다.

식사를 중단했어. 할아버지가 말했다.

왜요? 내가 말했다. 속에서 토스트 냄새가 올라왔다.

거식증이었나 보죠. 밋지가 말했다. 그리고 잡지에 자기 사진이 실리는 것을 너무나 자주 보아왔고요.

그녀가 할 수 있는 일이 아무것도 없었기 때문이야. 할아버지가 밋지의 머리 위로 내게 말했다. 그 당시에는 항의의 표시로 모두들 단식을 했어. 우리는 누구나 단식을 해본 적이 있고, 나 역시 그랬지. 너희라도 그랬을 거야.

나는 아니에요. 밋지가 말했다.

아니, 너도 그럴 거야. 단식만이 네가 할 수 있는 전부라면 말이야. 어쨌든 그래서 저들은 버닝 릴리에게 강제로 음식을 먹였지.

어떻게요? 내가 말했다. 억지로 먹일 수는 없어요.

목구멍 속으로 관을 집어넣어서 그 관을 통해 음식물을 내려 보내는 거야. 그런데 실수로 관을 기도에 넣는 바람에 음식물이 폐로 흘러들어갔지.

왜요? 내가 말했다.

윽. 밋지가 말했다.

로버트. 할머니가 말했다.

이 아이들도 알아야 해. 할아버지가 말했다. 그건 사실이야. 실제로 있었던 일이라구. 그 일로 인해 그녀가 중태에 빠졌고, 그래서 저들은 그녀를 풀어주어야 했지. 그녀가 교도소에서 죽으면 경찰과 교도소와 정부에 대한 여론이 나빠질 테니까. 하지만 버닝 릴리가 건강을 되찾을 무렵 새로운 법안이 통과되었어. 시위에 참가한 소녀가 집으로 돌아가 건강을 회복하면 다시 잡아가둘 수 있다는.

하지만 그다음에 어떻게 됐는지 알아?

어떻게 됐는데요? 내가 말했다.

어떻게 됐는데요? 밋지가 말했다.

버닝 릴리는 경찰의 감시망을 교묘히 피해 다녔어.

그녀는 경찰을 따돌리고 계속 빈 건물에 불을 지르고 다녔지.

미치광이 같았군요. 밋지가 말했다.

오직 빈 건물에만 불을 질렀단다. 그 점을 명심해야 해. 할아버지가 말했다. 그녀는 이렇게 말했어. 나 이외에 다른 사람의 목숨을 위태롭게 하는 일은 결코 없을 겁니다. 건물 안에 들어가면 늘 소리를 질러 사람이 있는지 확인하니까요. 보다 나은 사회를 건설하는 데 보탬이 되는 한 나는 이 일을 계속해나갈 것입니다. 이게 그녀가 법정에서 한 말이었지. 그녀는 법정에서 여러 가지 이름을 사용했어. 릴리언이라든가 아이다, 메이 같은. 그때는 지금처럼 피의자 얼굴을 전부 알던 때가 아니라서 그녀는 물이 손가락 사이로 빠져나가듯 경찰 감시망을 빠져나갔어. 지금처럼 사진이나 동영상을 활용하기 전의 일이었지.

나는 주먹을 쥐었다 폈다 해보았다.

그녀는 방화를 계속했어. 할아버지가 말했다. 그리고 경찰은 계속 그녀의 뒤를 추격했지. 우리는 그녀가 또다시 체포되면 살아남지 못하리라는 것을 알고 있었어. 단식을 너무 여러 번 해서 몸이 쇠약해져 있었기 때문이야. 그런데 어느 날, 얘들아, 듣고 있니?

듣고 있어요. 우리가 말했다.

어느 날, 내 친구들 중 하나가 집에 와서 나한테 내일은 전령처럼 보이게 옷을 입으라고 하더구나.

전령이 뭔데요? 내가 말했다.

쉬잇, 밋지가 말했다.

나는 체구가 작았어. 할아버지가 말했다. 열아홉 살인데도 열두어 살쯤으로 보일 정도로. 게다가 조금은 사내아이처럼 보이기도 했지.

실제로 사내아이였으니까요. 밋지가 말했다.

쉬잇, 내가 말했다.

나는 그 친구가 가져온 옷을 살펴보았어. 할아버지가 말했다. 옷은 꽤 깨끗한 편이었고 냄새가 지독하지도 않았어. 가죽 냄새와 사내아이들 냄새가 조금 났지.

윽. 밋지가 말했다.

사내아이들 냄새가 어떤데요? 내가 말했다.

그 옷은 내게 잘 맞을 것 같았어. 입어보니, 오, 놀랍고도 신비해라, 정말 잘 맞더구나. 다음 날 아침, 나는 그 옷을 입고 밖에 대기하고 있던 야채 트럭에 올라탔어. 트럭을 운전하던 소녀가 소년에게 운전대를 넘겨주고는 그에게 키스한 후 차에서 내렸어. 그녀는 트럭 뒤로 돌아와 캔버스 천을 젖히고 내게 차와 설탕, 양배추, 당근 등이 든 바구니와 둘둘 말린 만화책, 사과 한 알을 넘겨주고는 자신도 올라탔어. 그러고는 내게 모자를 푹 눌러쓰고 만화책을 보는 척하라고, 또 트럭에서 내릴 때 사과를 베어 먹기 시작하라고 말했지. 그래서 나는 그대로 했어. 그녀가 시키는 대로 만화책을 펴서 그것으로 얼굴을 가렸지. 가는 내내 만화책의 그림들이 내 눈앞에서 춤을 췄단다. 목적지에 도착하자 운전하던 소년이 트럭을 세웠고, 그 집의 현관문이 열리면서 '됐어! 여기야!' 하는 한 여자의 목소리가 들려왔어. 나는 심부름꾼 소년들이 출입하는 뒷문으로 돌아 들어갔어. 만화책으로 얼굴을 가린 채 사과를 두 입 베어 물고서 말이야. 매우 큰 사과였지. 내가 소녀였을 적에는 사과가 지금보다 훨씬 컸단다.

이번엔 밋지도 아무 말 하지 않았다. 나처럼 할아버지의 이야기에 몰두해 있었다.

그 커다란 고택의 복도에 걸린 거울 속에 내가 보였어. 아니, 그건 거울이 아니었어. 그 사람은 내가 아니었으니까. 그는 나와 같은 옷차림을 한 다른 사람이었어. 나와 똑같은 옷을 입은 잘생긴 소년이었지. 그렇지

만 그는 정말 잘생겼더랬어. 그가 내가 아니고 내가 그
가 아니라는 사실을 깨달은 것도 그 때문이었지.

로버트. 할머니가 말했다.

그는 잘생기긴 했지만 매우 야위었고 얼굴에 핏기가
없었어. 나를 보고 활짝 웃어 보이더구나. 나를 집 안으
로 데려간 여자는 마치 야채만큼 함부로 다뤄도 되는
것은 없다는 듯이 야채 바구니를 거꾸로 들고 흔들어서
그 안에 든 야채가 마루 위 사방으로 흩어졌어. 그렇게
해서 바구니를 비운 그녀는 빈 바구니를 그 잘생긴 소
년에게 건네주고는 나더러도 그에게 만화책과 사과를
주라고 시켰어. 그는 바구니를 가볍게 팔에 걸치고는
만화책을 펼쳐 들었지. 그러고는 다른 손에 든 사과를
한 입 베어 물면서 밖으로 나갔는데, 문간에서 잠시 뒤
를 돌아보고는 내게 눈을 찡끗해 보였어. 그때 알았지,
그가 소년이 아니라는 것을. 그는 아름다운 소녀였어.
나와 똑같은 옷을 입은 아름다운 버닝 릴리였지. 그녀
가 뒤돌아서 내게 눈을 찡끗했던 거야.

할아버지는 할머니에게 윙크를 하며 '어, 헬렌?' 하
고 말했다.

옛날에 켈트 족 사회에서는, 하고 할머니가 말했다.

여자들에게도 선거권이 있었지. 잃어버린 것을 되찾으려면 싸워야 해. 너희들은 무엇을 잃어버렸는지조차 모르겠지만 말이다. 할머니는 그렇게 말하고는 다시 텔레비전 쪽으로 돌아앉았다. 세상에, 0이 여섯 개나 돼. 할머니가 머리를 흔들었다.

그리고 그다음에 어떻게 됐는지 알아? 할아버지가 말했다. 버닝 릴리는 그 집을 감시하고 있던 경찰이 그녀가 다녀간 사실도 모르는 사이에 수마일 떨어진 해안으로 가서 거기에 대기하고 있던 배를 탔단다.

할아버지, 그건 말도 안 돼요. 밋지가 말했다. 할아버지 말씀대로라면, 설사 할아버지가 여자아이였다손 쳐도 20세기가 막 시작할 무렵에 태어났어야 하잖아요. 내 말은, 할아버지가 나이가 많은 건 사실이지만 그렇게까지 많지는 않다는 거죠.

격정적이면서도 시니컬한 마음을 지닌 내 사랑스런 아가 밋지야, 할아버지가 말했다. 희망은 어떤 일들을 역사로 만들기도 한다는 것을 배워야 할 것 같구나. 그렇지 않으면 너의 위대한 진실을 실현할 희망도, 네 후손들을 위한 위대한 진실도 없을 거란다.

내 이름은 이모겐이에요. 밋지는 이렇게 말하며 할아

버지의 무릎에서 내려왔다.

할머니가 몸을 일으켰다.

너희 할아버지는 이 세상의 온갖 이야기를 혼자 다 해야 하는 줄 안단다. 할머니가 말했다.

중요한 이야기만 그렇다오. 할아버지가 말했다. 말할 가치가 있는 것들만 말이오. 어떤 이야기들은 언제나 다른 이야기들보다 더 가치가 있는 법이지. 안 그러냐, 앤시아?

그래요, 할아버지. 내가 말했다.

그래, 맞아. 밋지가 말했다. 그런 다음 너는 곧장 바깥으로 나가서 부엌 창문에 돌을 던졌지. 기억 나?

그녀가 바로 앞의 창문을 가리켰다. 수선화 화병이 놓여 있는 그 창문에는 밋지가 애버딘까지 가서 사온 커튼이 걸려 있었다.

아니, 내가 말했다. 전혀. 창문에 돌을 던진 기억은 없는걸. 기억나는 거라곤 〈블라인드 데이트〉에 대한 것 하고 늘 토스트가 있었다는 게 전부야.

우리는 창문을 바라보았다. 예전의 그 창문이지만 십

오 년이 지난 만큼 분명히 다르긴 다를 것이다. 그것은 한 번도 깨진 적이 없을 법한, 혹은 전에도 지금과 조금도 다르지 않았을 성싶은 창문이었다.

저 창문이 깨졌었다고? 내가 말했다.

그래, 그녀가 말했다. 물론이지. 너는 그런 아이였어. 이 사실을 회사에 알려서 네 심리검사 보고서에 기록해 두게 했어야 하는 건데. 암시에 걸리기 쉽고 맹목적인 반항아 기질이 있다고 말이야.

하, 내가 말했다. 말도 안 돼. 나는 암시에 잘 걸리는 체질이 아냐. 나는 턱으로 현관 쪽을 가리키며 말을 이었다. '저항군'이라는 단어가 쓰여 있다는 이유로 수천 파운드나 하는 오토바이를 사 가지고 온 사람이 누구더라?

그래서 산 건 아니야. 밋지가 말했다. 그녀의 얼굴이 목에서부터 귀까지 오토바이 색깔처럼 빨갛게 물들었다. 가격도 적당했고 모양도 마음에 들었다구. 오토바이에 쓰여 있는 터무니없는 단어 때문이 아니야.

나는 괜한 소리를 했다는 생각이 들기 시작했다. 사실 그 얘기를 입 밖에 내자마자 후회했다. 말의 힘이란 얼마나 대단한지. 이제 밋지는 전처럼 순수한 마음으로 오토바이를 탈 수 없을 것이고, 그것은 순전히 내 잘못이다. 어쩌면 나는 그녀의 오토바이에 대한 환상을 망쳐놓았는지도 모르겠다. 확실히 나는 그녀의 마음을 상하게 했다. 밋지가 차분하게 언니 노릇을 하려 드는 것을 보면 알 수 있다. 그녀는 내게 지각하지 않으려면 서두르는 게 좋을 거라고, 또 직장에서, 특히 키스 앞에서 자기를 밋지라고 부르지 말라고 말했다. 그러고는 모욕감이 느껴질 정도로 조용히 현관문을 닫고 나갔다.

나는 퓨어 사(社)의 누가 키스인지 기억을 더듬어보았다. 간부들은 대부분 살짝 잉글랜드 억양이 느껴지는 말투에 유행하는 스타일로 짧게 자른 머리를 하고 있어서 그 사람이 그 사람 같았다. 헤어스타일이 그래서인지 모두들 실제보다 훨씬 나이 들어 보였고, 거의 대머리였으며, 다들 키스라는 이름으로 불릴 것 같았다.

밋지가 오토바이 덮개를 벗겨서 단정하게 개는 소리가 들리더니 이윽고 오토바이에 올라타 시동을 걸고 엔진 소리도 요란하게 달려 나갔다.

저항군.

비가 온다. 밋지가 빗길에 오토바이를 살살 몰아야 할 텐데. 브레이크가 잘 들어야 할 텐데. 내가 돌아온 이후로 여드레 동안 거의 매일 비가 쏟아졌다. 스코틀 랜드의 비는 장난이 아니다. 온통 비만 내리네요, 베이 비, 일주일에 팔 일간을.* 매일같이 비가 내렸다. 내가 어린 소녀였을 때, 헤이 호, 바람이 불고 비가 내렸지.**

맞아, 그랬었지. 우리가 어린 소녀였을 때 밋지를 화 나게 했던 또 한 가지는 할아버지가 늘 인용구를 현실 상황에 맞게 바꾼다는 점이었다. 만약 주위 사람들이 모두 이성을 잃고 네 탓을 할 때 냉정을 유지할 수 있 다면. 네가 말한 진실이 다른 사람들에 의해 왜곡되는 것을 참아낼 수 있다면. 네가 온 마음과 온 힘을 다해 버텨낼 수 있다면. 가혹한 일 분간을 관조의 육십 초로 채울 수 있다면. 이 세상과 그 안의 모든 것이 네 것이 되리라. 그리고 내 딸아, 무엇보다도 너는 한 사람의 어른이 될 것이다.*** 아냐, 아냐, 아냐, 할아버지. 운이 안

* 비틀즈의 노래 〈Eight Days a Week〉에서 인용. 원래 가사는 'I ain't got nothing but love, baby, eight days a week'인데 여기서는 'love'가 'rain'으로 바뀌었다.
** 셰익스피어의 『십이야』 5막 1장에 나오는 노랫말에서 인용. 원래 이 후렴구에는 '소년'이 등장하지만 여기서는 '소녀'로 바뀌었다.
*** 러디어드 키플링의 시 「만약」에서 발췌 인용한 것으로, 여기서도 역시 '내 아들아'가 '내 딸아'로 바뀌어 있다.

맞잖아요. 지금은 마루가 깔려 있지만 예전에는 리놀륨 장판으로 덮여 있던 그 자리에 서서 밋지는 굉장한 분노에 사로잡혀 고함을 치곤 했다. 안 돼요! 바꾸지 말아요! 할아버지는 어구를 바꾸고 있어요! 그건 옳지 않아요! 잘못됐다구요! 이것도 역시 나는 잊고 있었다. '굉장한 분노'라니, 얼마나 멋진 말인가. 밋지, 그 책 내가 가져도 돼? 마법의 주문을 말하면 줄게, 마법의 주문이 뭐였지? 그것은 '이모겐'이었다. 밋지, 언니가 먹던 감자튀김 내가 마저 먹어도 돼? 밋지, 자전거 좀 빌려줄 테야? 밋지, 창문을 깬 사람은 언니라고 말해줄래? 마법의 주문을 말하면 그렇게 할게, 마법의 주문이 뭐였지? 밋지 안의 무언가가 달라졌다. 근본적인 무언가. 나는 그게 무얼까 생각해보았다. 바로 내 눈앞에 있는데도 잘 보이지 않았다.

할아버지 댁에는 티크재 커피 테이블이 있었다. 할아버지, 할머니가 그 테이블이 티크로 된 것이라며 몹시 자랑스러워하던 기억이 난다. 티크가 그토록 대단한 것이었던가? 그 테이블은 오래전에 사라지고 없었다. 할아버지, 할머니가 쓰시던 모든 물건이 마찬가지였다. 어디다 치웠는지 모르겠다. 두 분이 아직 여기 있다는 느낌을 주는 것은 예전의 그 현관 유리를 통해 빛이 들

어오는 방식과 전에는 다이닛* 문이 있던 자리 옆의 벽
에 밋지가 걸어놓은 두 분의 사진뿐이다.

다이닛. 굉장한 단어다. 오래전에 사라진, 바다 속 깊
숙이 가라앉은 단어. 밋지는 다이닛의 벽을 터서 거실
을 넓히고 중앙난방을 설치했으며, 어렸을 때 토요일마
다 우리가 여기 와서 묵을 때 내 침실로 사용하던 가장
작은 방을 터서 욕실을 확장했다. 내 침대가 있던 자리
에는 이제 욕조가 들어서 있다. 그리고 할머니가 장미
와 패랭이꽃을 키우던 앞마당은 아스팔트 포장이 되어
밋지의 오토바이 보관소로 사용되고 있다.

이제 보니 사진 속의 할머니, 할아버지는 늙어 보였
다. 마치 두 명의 노인네처럼. 두 분은 윤곽선이 부드러
웠다. 할아버지는 온화하고 사랑스러운 표정이 꼭 소녀
같았다. 할머니는 굳세고 골격이 뚜렷하여 마치 그 안
에, 2차 세계대전을 배경으로 한 영화에 등장하는 미소
띤 청년이 들어앉아 있는 듯한 느낌을 주었다. 두 분은
현명해 보였다. 시간이 얼마 남지 않았음을 알기에 자
잘한 일에 신경을 쓰지 않는 사람들처럼 보였다. 시간

---

* 부엌 한쪽에 있는 약식 식당.

이 됐으니 2번 보트에 오르세요. 오 년 전에 두 분은 데 번으로 휴가를 떠났다. 두 분은 보트 판매소에서 충동적으로 삼동선*을 구입한 후 아빠에게 편지를 보냈다. 사랑하는 아들아, 우리는 세상구경을 하러 떠난다. 애들에게 사랑한다고 전해주렴. 금방 돌아오마. 두 분은 충동적으로 배를 탔다. 평생 배를 타본 적이 없는 분들이었다.

현명한 바보들. 두 분은 스페인과 포르투갈의 해안에서 우리에게 엽서를 보내왔다. 그러고는 소식이 끊겼다. 이 년 전에 아버지는 북부로 와서 속이 빈 무덤에 묘비를 세웠다. 우리가 태어나기도 전에 할머니, 할아버지가 사둔 무덤 앞에 두 분의 이름과 사진이 든 비석이 놓였다. 비석의 사진은 지금 내가 들여다보고 있는 것과 같은 사진이다. 운하 옆, 나무들 밑으로 새소리와 수백 개의 다른 비석들에 둘러싸인 그 묘비에는 다음과 같은 글이 새겨져 있다. 2003년 바다에서 실종된 사랑하는 부모님이자 조부모님, 로버트 건과 헬렌 건.

돌고래의 등을 타고 파도와 벗했을 할아버지.

---

* 三胴船. 세 개의 선체를 연결한 배.

할아버지는 우리만 괜찮다면 집을 물려주겠노라고 했다. 그 집에 밋지가 이사를 들어왔고, 지금은 나도 밋지 덕에 여기 살고 있다. 밋지 덕에 직장도 생겼다.

밋지에게 특별히 감사하고 싶은 생각은 없다.

그러나 내겐 집이 생겼다. 밋지 덕에 인버네스에 집이 생겼다. 아니, 밋지 덕이라기보다는 다섯 길 바다 속에서, 뼈마디가 해체되어 해초에 감긴 채 모래 위를 떠돌아다니는 할아버지, 할머니 덕분이다. 바다 속은 어두웠을까? 추웠을까? 볕이 조금이라도 들었을까? 두 분은 세이렌에게 납치되었고, 스킬라와 카리브디스*의 덫에 걸렸다. 스킬라와 카리브디스. 실라와 카리브디스. 그러자 〈블라인드 데이트〉가 생각났다. 옛날에 토요일마다 할아버지 댁에서 토스트를 먹고 텔레비전을 보던 기억을 희미하게나마 떠올리게 된 것도 그 때문이다. 또한 벽에서 나를 내려다보는 현명한 두 노인의 굳세면서도 유연한 성품 때문이기도 하다.

나도 나이가 많았으면 싶다. 젊다는 사실에 염증이 난다. 너무 어리고 너무 뭘 모르고 너무 잘 잊어버리는 게

---

* 그리스신화에 등장하는 바다 괴물들.

지긋지긋하다. 무언가가 돼야 한다는 것도 지겹다. 마치 내가 인터넷이 된 듯한 느낌이다. 온갖 정보로 가득하지만 특별히 중요한 정보는 없으며, 연결 사이트들은 모두 흙에서 파헤쳐져 옆구리를 드러내놓고 시들어가는 나무의 하얗고 가느다란 뿌리 같은. 그리고 나에게 접속하려고 할 때마다, 나를 클릭하려고 할 때마다, '나'의 의미를 더 깊이 파고들려고 할 때마다, 그러니까 페이스북이나 마이스페이스 같은 커뮤니티 사이트에 글을 올리는 것 이상으로 더 깊이 파고들려고 할 때마다, 마치 어느 날 아침에 잠에서 깨어 로그인을 하려고 보니 전세계의 서버가 모두 다운된 까닭에 그런 '나'조차도 더이상 존재하지 않는다는 것을 알게 되었을 때와도 같은 그런 기분이다. 뿌리는 얼마나 약하고 부서지기 쉬운 존재인가? 가여운 앤시아는 어떻게 할까?

헛간에 앉아 몸을 따뜻하게 하리라. 그리고 머리를 날갯죽지 속에 파묻으리라.*

눈 오는 날 헛간에 앉아 있는 울새를 노래한 이 동요를 밋지가 기억하는지 모르겠다. 내 기억대로라면 그

---

* 작자 미상의 동요 〈북풍〉에서 인용.

노래는 엄마와 관련이 있다. 하지만 그것이 정확한 기억인지 아니면 상상의 작용인지는 확실하지 않다.

나는 부엌 바닥에 주저앉았다. 그러고는 손가락으로 마룻바닥의 네모난 나무쪽 테두리를 따라 네모칸을 그려보았다. 자, 정신 차리자. 지금쯤 회사로 가는 중이어야 하지 않은가. 새 직장인 퓨어에서 새날을 맞이할 때가 아닌가. 나는 좋은 일자리를 얻었고, 앞으로 돈도 많이 벌 것이다. 모든 게 순조롭게 진행 중이다. 나는 창의력 연구팀의 일원이다. 그게 바로 나다. 퓨어 사의 창의력 연구원 앤시아 건.

그러나 나는 할머니, 할아버지의 사진을 들여다보았다. 두 분은 머리를 모은 채 서로의 어깨에 팔을 두르고 있었다. 내 뼈가 해체되어 물고기들에 의해 깨끗이 청소된 채 다른 사람의 뼈와, 수십 년 동안 내 뼈와 마음과 영혼이 극진히 사랑한 사람의 뼈와 한데 섞였으면. 그리하여 우리 둘 다 깊은 바다 속에 누워 우리가 어두운 바다 속에 앙상한 뼈마디로 남아 있다는 사실 이외에는 다른 모든 것을 잊었으면.

밋지 말이 맞다. 이러다가 회사에 늦겠다. 아니, 이미 늦었다.

믹지가 아니지. 이모겐이라고 해야 하지. (키스를 생각하자.) (마법의 주문이 뭐였지?)

적어도 언니 이름은 셰익스피어 작품에 나오는 이름이다. 적어도 언니 이름은 의미가 있다. 하지만 앤시아라니, 어처구니없는 이름이다.

이름을 지을 때는 보통 신이나 여신, 강이나 중요한 장소, 소설이나 연극 속 여주인공이나 집안 어른들의 이름을 따서 짓는 것이 상례 아닌가?

나는 위층으로 올라가서 근무 복장으로 적당한 옷을 입고 내려왔다. 우산을 챙기고 재킷을 걸친 다음 밖으로 나가는 길에 잠시 현관에 걸린 거울을 들여다보았다. 나는 스물한 살이며, 연갈색 머리에 푸른 눈을 하고 있다. 이름은 앤시아 건. 내가 한 번도 본 적이 없는 소녀의 이름을 따서 지은 것이다. 그 소녀는 토요일 저녁 텔레비전 프로그램에 늘 예쁜 드레스를 입고 나와 손에 닿는 물건을 빙빙 돌리곤 했다는데, 엄마는 어렸을 때 나중에 커서 꼭 저런 사람이 돼야지 하고 생각했다고 한다.

나는 비참한 마음으로 집을 나섰지만 바깥 공기는 상쾌했고 하늘에는 새 소리가 가득했다. 비가 올 줄 알았는데 해가 났다. 너무나 갑작스럽게 날이 개고 햇살이 내리비쳤다. 강물 위로 반사되는 봄볕이 너무나 강렬해서 나는 강둑을 따라 내려가 무리 지어 피어 있는 수선화 속에 들어가 앉았다.

머리 위 보도로 사람들이 지나갔다. 그들은 웬 미친 사람인가 싶은 표정으로 나를 내려다보았다. 갈매기 한 마리가 난간 위를 넘나들었다. 갈매기 역시 나를 미친 여자로 여기는 것 같았다.

이제까지 강둑으로 내려온 사람이 아무도 없었던 게 분명했다. 누구도 그럴 엄두를 못 냈을 것이다.

나는 물가로 미끄러져 내려갔다. 구두가 불편해서 벗어버렸다. 잔디가 흠뻑 젖어 있었고, 스타킹 바닥이 까매졌다. 이러다가 옷을 버릴 것 같았다.

등 뒤 성당 아래쪽에 있는 나무들에서 떨어져 내린 꽃잎이 강둑 근처의 수면 위를 떠다녔다. 강을 따라 성당이 죽 늘어서 있었다. 마치 점잖은 사람들은 아직 믿음을 간직하고 있음을 증명해 보이기라도 하려는 듯이. 어쩌면 그들은 그럴지도 모르겠다. 어쩌면 그들은 혼

배·영세·견진·병자성사들 같은 그 모든 의식들이, 그리고 각자 자신이 다니는, 똑같은 산과 협만에서 불어오는 똑같이 차가운 공기로 가득한 서로 다른 성당에서, 이 세상의 모든 것이 유의미함을 드러내주며, 이 세상이 인간의 손보다 더 큰 손 안에 놓여 있음을 증거하는 무언가를 수세기에 걸쳐 끊임없이 희구해온 그들의 행위가 자신들을 다른 사람들과 구별짓는다고 생각할지도 모르겠다. 나는 아직 온기가 남아 있는 구두 속에 손을 넣은 채 축축한 풀밭에 앉아 이 세상이 한 마리 새의 부리 속에 든 곡식 알갱이라는 것을, 혹은 어느 아름다운 봄날 아침 어떤 의미 없는 피조물에 의해 우주의 공허 속에서 건져 올려진, 지금 내가 앉아 있는 곳 같은 비탈진 잔디밭에 불과하다는 것을 아는 것만으로도 행복하다는 생각을 했다. 그것으로 족하다. 그것으로 충분하다. 그런 사실을 확실히 아는 것만으로도 충분하다.

강물은 검고 빠르게 흘렀다. 흐르는 강물을 지켜보고 있노라니 마음이 편안해졌다. 강은 상점과 교회, 식당, 집들을 갖춘 마을이 들어서기 훨씬 전부터 이곳에 있었다. 마을에 사람들이 오가고, 배를 만들어 물고기를 잡고, 항구를 건설하고, 전쟁으로 돈을 벌고, 빅토리아 여왕이 수행하는 전쟁에 나갈 하일랜드의 소년병들을 태운 배가 새로이 건설한 운하를 따라 대협곡의 빙벽 사이를 빠져 남하하기 훨씬 전부터 여기 있었다.

나는 마음만 먹으면 강물 속으로 걸어 들어갈 수 있다. 일어서서 비탈진 강둑 아래로 떨어져 내릴 수 있다. 돌멩이 던지듯 스스로를 빠르게 흐르는 저 유구한 강물 속으로 던져 넣을 수 있다.

발밑에 돌멩이가 보였다. 하얀 테두리가 있고 돌비늘이 비치는 이 지역 특유의 돌멩이였다. 나 대신 그 돌멩이를 던졌다.

강물이 웃었다. 정말이다. 강물은 웃었고, 내가 지켜보고 있는 동안 변화했다. 강물은 변화했지만, 조금 전의 강물과 똑같았다. 강물은 온통 시간과 관련이 있으며, 시간이 사실은 얼마나 사소한 것인지를 말해주고 있다. 나는 시계를 들여다보았다. 젠장. 한 시간 반이나 늦었다. 하하! 강물이 또다시 나를 향해 웃었다.

그래서 나도 웃었다. 회사로 가는 대신 잠시 새로 생긴 쇼핑센터를 둘러보기로 했다.

대도시의 상점들은 모두 어슷비슷해서, 똑같은 상표와 유명 브랜드가 넘쳐난다. 그 점이 북부의 이 지역을 영국 전역의 대도시들만큼 좋은 — 좋다는 말이 무엇을 의미하든 — 곳으로 만들어준다.

그러나 쇼핑센터는 몹시도 우울한 표정의 쇼핑객들로 가득했고, 점원들의 표정은 더욱 우울했다. 몇몇 점원은 야비해 보이기까지 했는데, 그들은 나를, 아침 열 시 반에 아무것도 사지 않고 주위를 어슬렁거리다가 물건이나 훔칠 그런 위협적인 존재로 보는 듯했다. 그래서 나는 새로 지은 쇼핑몰을 떠나 헌책방으로 갔다.

헌책방 건물은 원래 교회였는데, 지금은 책을 파는 교회가 되어 있다. 하지만 사람들의 손때가 탄 책이 그리 많지는 않아서, 별로 찜찜한 기분 없이 책을 훑어볼 수 있다. 전에 읽은 어떤 시에서처럼 책을 읽고 나서 다시 서가에 올려놓으면 이 짧은 인생길에 언제 다시 그 책을 들춰볼지 알 수 없는 일이고, 그리하여 그 책은 매 페이지가 어쩌면 다시는 햇볕을 쬐지 못한 채 서가에 갇혀 있게 되리라. 잠시 후 나는 헌책방을 나와야 했다. 그 황당한 시 때문에 나도 모르는 사이에 그만 서점에 들를 때마다 하던 버릇이 나와서, 서가에서 책을 꺼내 부채질하듯 책장을 넘겨 각각의 페이지에 햇볕을 쏘인 후 다시 서가에 꽂아놓기를 반복하는 나를 책방 주인이 이상하다는 듯이 쳐다보았기 때문이다. 비록 헌책방에서는 보더스나 워터스톤스 같은 대형 서점에서처럼 직원들의 눈총이 심하지는 않았지만.

헌책방에서 나온 다음에는 타운하우스 바깥의 보도 위에 시멘트로 접합된 커다랗고 평평한 돌을 구경했다. 그것은 마을에서 가장 유명하고 가장 중요한 돌로, 내가 자라난 이 지역이 마을로 존재했음을 입증하는 가장 오래된 증거물이었다. 빨래하는 아낙네들이 강가를 오갈 때 빨래바구니를 그 돌 위에 올려놓고 쉬었다거나 그 돌 위에다 빨래를 문질러 빨았다는 이야기가 전해 내려오는데, 어느 쪽이 맞는지는 모르겠다. 어쩌면 둘 다 맞을지도.

호주머니 속에서 휴대전화가 울렸다. 보지 않고도 퓨어 사에서 걸려온 전화라는 것을 알 수 있었다. 순간 나는 밋지를 떠올리며 착한―착하다는 게 무슨 뜻이든―소녀가 되기로 했다. 나는 퓨어 사로 가기 위해 언덕을 올라 커다란 광고판을 지났다.

광고판에는 Matchmake.com. 원하는 배우자를 만나세요라고 적혀 있고 그 밑에 작은 글씨로 처음 육 주 안에 인연을 못 만나면 육 개월 무료 회원권을 드립니다라고 쓰여 있었다.

그것은 집을 배경으로 서 있는 부부들을 만화로 그린 커다란 핑크색 포스터였다. 기상 캐스터를 닮은 듯도 한 그 인물들은 얼굴 부분이 빈 원으로 되어 있었는데, 복장이나 몸에 지니고 있는 물건들에서 직업을 알 수 있었다. 간호사(여)와 경찰관(남). 선원(남)과 봉춤을 추는 사람(여). 교사(여)와 의사(남). 회사 중역(남)과 화가처럼 보이는 사람(여). 청소부(남)와 발레리나(여). 해적(남)과 아기를 안고 있는 사람(여). 요리사(여)와 트럭 운전수(남). 성별은 가슴과 머리 길이를 통해 알 수 있게끔 되어 있었다.

그런데 원하는 배우자를 만나세요라는 문구 밑에 누군가 빨간색 페인트로 어리석은 소리! 배우자는 돈으로 살 수 없다라는 말을 멋들어지게 써놓았다.

그리고 그 밑에는 이피솔이라는 특이한 이름으로 서명이 되어 있었다.

이피솔.

지각이로군요. 내가 지나갈 때 안내 데스크의 베키가 말했다. 조심해요. 다들 당신이 도착하기를 기다리고 있으니까요.

나는 그녀에게 고맙다고 말한 후 코트를 벗어 걸고 자리에 앉았다. 컴퓨터를 켜고 구글로 들어가서 검색창에다 조금 전에 본 그 특이한 단어를 쳐 넣었다.

잘했어요, 앤시아, 마침내 해냈군요. 등 뒤에서 민둥머리 중 하나가 말했다.

무얼 말이에요? 내가 말했다.

회사에 도착한 것 말이에요, 앤시아. 그가 말했다. 그가 내 어깨 위로 몸을 구부리자 그의 숨결에서 커피 냄새와 구취가 끼쳐왔다. 나는 고개를 돌렸다. 그는 주문 제작한 플라스틱 커피컵을 들고 있었는데, 컵 표면에 '퓨어'라고 쓰여 있었다.

나는 지금 빈정대고 있는 거요, 앤시아. 그가 말했다.

알아요. 내가 말했다. 나도 말끝마다 그의 이름을 붙일 수 있게 그의 이름이 생각나주면 좋으련만.

다른 사람들은 모두 아홉시에 도착한다구요. 그가 말했다. 실습 나온 고등학생들조차도. 실습생들도 정시에 출근했고, 안내 데스크의 베키도 정시에 출근했어요. 굳이 당신 언니까지 예로 들어가며 비교하지 않더라도 말이죠.

친절도 하셔라. 내가 말했다.

그 민둥머리는 내가 말대꾸한다고 생각했는지 살짝 움찔했다.

나는 그저 다른 사람들은 다 지키는 규칙을 왜 당신만 못 지키는지 궁금했을 뿐이에요. 어떻게 생각해요, 앤시아?

'이피솔'에 대한 검색 결과가 없습니다. 단어의 철자가 정확한지 확인해주세요. 검색어의 단어 수를 줄이거나, 다른 검색어로 검색해보세요. 보다 일반적인 검색어로 다시 검색해보세요.

제품 콘셉트에 대해 열심히 생각하고 있었어요. 다만 그 생각을 외부에서 했을 뿐이죠. 미안해요, 사과할게요. 진심으로 미안하게 생각해요, 음, 브라이언.

흠흠, 그가 말했다. 우리는 당신을 기다렸어요. 키스와 창의력 연구팀 전원이 오전 내내 당신을 기다렸다구요. 일이 코앞에 닥쳤을 때 키스가 느끼는 압박감이 얼마나 심할지는 당신도 알잖아요.

왜 기다려요? 내가 말했다. 그냥 시작하지 않고. 나는 전혀 신경 쓰지 않았을 거예요. 전혀 마음 상하지 않았을 거라구요.

오 분 후에 2번 회의실에서 봐요, 그가 말했다. 알았죠, 앤시아?

알았어요, 브라이언. 내가 말했다.

그의 이름은 브라이언이었다, 다행히도. 만약 브라이언이 아니었다면 그는 불평을 늘어놓거나 내 말에 퉁박을 주거나 하지 않았을 것이다. 아니, 내가 하는 말에 아예 귀를 기울이지도 않았을 것이다.

좋아요, 여러분, 키스가 말했다. (키스는 미국식 발음으로 말했다. 나는 키스를 처음 보았는데, 그는 고위 간부 중에서도 제일 높은 사람이었다.) 시작합시다. 불 좀 꺼주겠소, 에, 이모겐? 좋아요. 고마워요.

밋지는 내게 말을 걸지 않았다. 내가 회의실에 들어오는 것을 보면서도 못 본 체했다.

이 슬라이드를 봐주세요, 키스가 말했다. 말없이 조용히 봐주시기 바랍니다.

우리는 그의 말대로 했다.

흐린 날의 아이린 도넌 성이 나왔다. 성을 에워싼 강물 위로 구름이 비쳤다.

그다음은 눈 오는 날의 카브리지 공원과 그 안에 있

는 오래된 다리. 다리 위에 눈이 쌓여 있고, 그 밑으로 흐르는 강물에 푸른 하늘이 비쳤다. 강가에는 얼음이 얼어 있었다.

짙푸른 바닷물을 뿜어내는 고래 등.

푸른 시냇물을 배경으로 한 유적지.

나무가 없는 녹색 계곡 사이로 펼쳐진 호수와 그 앞의 전쟁 기념관.

짙푸른 바닷물 사이로 솟아오른 섬.

가을날의 하일랜드 소와 그 뒤편의 강물 위를 비추는 엷은 빛의 띠.

우리 동네. 동네 한가운데를 관통하는, 그리고 내가 조금 전에 돌멩이를 던져 넣었던 강. 하늘과 멋진 다리와 강둑과 그 강둑 위로 늘어서 있는 건물들. 그리고 강물 위에 거꾸로 비치는, 희미하게 반짝이는 이 모든 것들의 영상.

여러분, 키스가 어둠 속에서 말했다. 이 자리에 참석해주셔서 감사합니다. 물은 역사이고 신비입니다. 자연이고 생명이며, 고고학이고 문명입니다. 우리는 물에 둘러싸여 살고 있습니다. 물은 지금, 여기입니다. 물이 주는 메시지를 잘 생각해보세요. 그리고 그 메시지를 생수 병에 담으세요. 생수는 영국에서만 일 년에 이십억 파운드를 벌어들입니다. 수돗물보다 만 배는 더 비싼 셈이지요. 물은 우리가 퓨어에서 상상할 수 있는 모든 것입니다. 퓨어의 상상력인 것이지요. 이것이 오늘 내가 말하려는 겁니다. 이제 여러분에게 하나 묻겠습니다. 우리는 이 상상력을 정확히 어떻게 병에 담아야 할까요?

민둥머리 중 하나가 대답을 하려는 듯 몸을 들썩였다. 키스가 손을 들어 그를 제지했다.

십 년 전에는 전 세계적으로 물 부족 국가가 이십일 개국이었습니다. 그런데 이십 년도 채 안 돼서 그 숫자가 두 배로 늘어날 것입니다. 이십 년 이내에 팔억이 넘는 인구가—그렇습니다, 바로 여러분이나 나 같은 사람들 팔억 명이—물 부족 상태로 살아가게 될 것입니다. 불 좀 켜주겠소? 고마워요.

스크린 속의 우리 동네가 희미해졌다. 키스는 회의실 한쪽 끝에 있는 책상 위에 가부좌를 틀고 앉아 있었다. 그가 우리 모두를 굽어보았다. 입사한 지 며칠 안 되었지만 나는 회의와 관련한 소문을 익히 들어서 알고 있었다. 안내 데스크의 베키가 말해주었던 것이다. 회의를 할 때에는 전화기도 모두 꺼놓아야 했다. 한 실습생 말로는 화요일의 창의성 강좌가 끝나면 모두들 최면에 걸리거나 상처 입은 표정으로 회의실을 나온다고 했다. 화요일의 창의성 강좌. 그 실습생은 회의를 이렇게 불렀다. 그녀는 또 키스가 이 모임을 위해 특별히 비행기를 타고 온다는 이야기도 해주었다. 키스는 매주 월요일, 비행기로 이곳에 왔다가 화요일의 창의성 강좌가 끝나면 돌아간다.

갑자기 속이 울렁거렸다. 화요일의 창의성 강좌에 늦은 탓이다. 나 때문에 최고위층 간부가 돌아가는 비행기에 탑승하는 시간이 늦어질지도 모른다.

이것이 퓨어가 이곳에 지사를 설립한 이유입니다. 키스가 말을 계속했다. 이것이 퓨어가 생수 회사를 설립한 이유이며, 이 조그만 도시에 국제금융의 거대 자본을 투자한 이유입니다. 여러분, 전 세계적으로 담수의 양이 줄어들고 있습니다. 현재 전 세계의 강과 하천에 흐르는 담수의 사십 퍼센트가 심하게 오염되어서 인간이 사용하거나 마실 수 없는 지경입니다. 이것이 진정 무엇을 의미하는지 생각해보십시오.

그는 자세를 바꿔 등을 꼿꼿이 펴더니 갑자기 조용해

졌다. 회의실 안의 모든 사람이 연필과 PDA를 든 채 상체를 앞으로 기울이고 있었다. 나도 몸을 앞으로 기울이고 있는 것이 느껴졌다. 왜 그랬는지는 모르겠다. 키스는 잠시 시간을 멈추기라도 하려는 듯 허공에 손을 들어 올렸다. 그러고는 이렇게 말했다.

그것이 의미하는 바는 물이 완벽한 상품이라는 것입니다. 물은 점점 줄어들고 있기 때문이지요. 물을 급박하게 필요로 하는 사태가 재발하는 일은 결코 없어야 할 겁니다. 그럼 우리는 어떻게 해야 할까요? 여기서 첫번째 질문이 나옵니다. 하일랜드의 석유라고도 할 수 있는 이 물을 어떻게 상품화할 것인가? 두번째 질문, 상표를 뭐라 정할 것인가? 세번째 질문, 병은 어떤 모양으로 만들 것인가? 네번째 질문, 병의 라벨에는 어떤 문구를 써넣을 것인가? 그리고 마지막이자 다섯번째 질문, 병뚜껑에 무언가 문구를 적어 넣어야 할 것인가, 말 것인가? 자, 여러분, 대답해보세요! 답을 제시해봐요!

주위 사람들은 모두 미친 듯이 무언가를 써내려가기에 바빴다. 버튼을 클릭하는 소리조차 거의 들리지 않았다. 키스는 책상 밑으로 내려와 회의실 앞쪽을 왔다 갔다 했다.

여러분이 제시하는 답에는 물이 우리에게 참으로 중요한 것임을 시사하는 무언가가 들어 있어야 할 것입니다. 인간이 자연에 의해 지배당하는 게 아니라, 오히려 인간이 곧 자연임을 시사하는 무언가. 그거 좋군요, 인간이 곧 자연이라. 이것은 마음가짐의 문제입니다. 소비자들로 하여금 우리 제품에 마음을 열 뿐만 아니라 우리 제품이 시장에서 가장 개방적인 것이라고 여기도록 해야 합니다. '퓨얼리(purely)'라는 상표를 사용할 수는 없습니다. 알래스카인들이 사용하고 있으니까요. '클리얼리(clearly)'도 안 됩니다. 캐나다인들이 사용하고 있어요. '하일랜드(Highland)' 역시 마찬가지입니다. 우리의 최대 경쟁사에서 사용하고 있으니까요. 그렇지만 우리 제품의 이름에는 이 세 가지 의미가 모두 들어 있어야 합니다. 자, 여러분, 의견들을 말해보세요. 어떤 이름이 좋을까요? 우리의 생수에 어떤 이름을 붙여야 할까요? 자, 어서 아이디어들을 내놓아봐요. 여러분의 생각을 듣고 싶군요. 퓨얼리. 클리얼리. 하일랜드. 자연. 힘. 자, 아이디어를 말해봐요. 제품 콘셉트를 말해봐요.

그는 한마디 한마디 할 때마다 손가락 관절을 꺾어

딱딱 소리를 냈다.

유동성, 하고 내 옆에 앉아 있던 한 근사한 민둥머리가 소리쳤다. 재활용. 물이 얼마나 멋지고 우아한지, 또한 모양과 형태가 일정치 않은 만큼 얼마나 다양한 용도로 활용되고……

좋아요, 키스가 말했다. 아주 좋아! 계속해요……

……그리고 물이 어떻게 우리 몸의 칠십오 퍼센트를 구성하는지 등에 초점을 맞추면 좋을 것 같습니다. 물이 곧 우리라는 메시지를 주는 거죠. 물이 우리를 하나되게 할 수 있다는, 서로 국적과 정치적 성향이 다름에도 불구하고 우리를 연합하게 해준다는 그런 메시지를 주는 겁니다.

좋아, 아주 좋아. 키스가 말했다. 잘했네, 폴. 그 생각을 계속 발전시켜보게.

회의실 안의 모든 사람이 질투 어린 눈길로 폴을 돌아보았다.

태초의 물, 하고 브라이언이 말했다. 잔잔한 물이 깊이 흐른다, 라고 도미닉이라는 이름의 민둥머리가 테이블 저쪽에서 소리쳤다. 회의실 안은 곧 상투 어구로 가득 찼다. 물 좋다. 물 쓰듯 하다. 찬물을 끼얹다. 물샐틈 없다. 칼로 물 베기.

물은 참살이와 관련이 있어요. 밋지가 말했다. 참된 삶과 관련이 있지요.

아무도 그녀의 말을 듣지 못한 듯했다.

물은 온통 참살이와 관련이 있어요. 테이블 저쪽에서 낯선 팀원 하나가 말했다.

마음에 드는군. 키스가 말했다. 잘 지적했네, 노먼.

밋지가 낙심해서 고개를 숙이는 게 보였다. 순간 나는 언니가 전과 달라진 점이 무엇인지 알아차렸다. 그녀가 고개를 숙이며 가느다란 손목을 움직일 때 나는 보았다. 그동안 왜 몰랐을까? 밋지는 너무나 야위었다. 정말 야위었다.

그리고 제품 포장에는 물이 어떻게 우리를 건강하게 해주며, 또 건강을 유지하게 해주는지에 관련된 문구를 써넣는 겁니다. 도미닉이 말했다.

어쩌면 건강 보조식품이나 건강 보조기구와 함께 마케팅을 펼칠 수도 있을 겁니다. 특히 가족의 건강을 책임지고 있는 주부들을 겨냥해서 말이죠. 노먼이 말했다. 물이 여러분의 자녀를 건강하게 해줍니다, 하는 식으로요.

좋은 지적일세, 노먼. 키스가 말했다.

더는 참을 수 없었다.

상표를 '윽, 이런!'이라고 하면 어떨까요? 내가 말했다.

뭐라고 했나? 키스가 말했다.

그가 나를 노려보았다.

모두가 고개를 돌려 나를 바라보았다.

죽었구나, 하고 나는 생각했다. 윽, 이런!

'유수'라는 이름은 어떨까요? 내가 말했다. 유수, 즉 흐르는 물이라고 하면 지금까지 이야기한 모든 개념들을 함축하고 있으니까요. 하지만 잘못 들으면 '오수'처럼 들릴 수도 있겠군요. 그렇다면 주된 흐름이라는 뜻의 '주류'는 어떨까요? 병뚜껑엔 '주류와 함께하면 언제나 안전합니다'라는 문구를 넣고 말이에요.

실내가 조용해졌다.

'스코틀랜드의 샘'이라고 하면 어떨까요? 모두들 숨죽이고 있는 가운데 내가 말했다. 정직하고 좋은 인상을 줄 거예요. 좋다는 말이 어떤 의미이든 간에 말이죠.

키스의 눈썹이 치켜 올라갔다. 그가 턱을 내밀었다.

투명성, 하고 밋지가 재빨리 말했다. 투명성을 강조

하는 것도 나쁘지 않아요. 아니, 정말 좋은 결과를 낼 거예요, 안 그래요?

소비자의 선택을 강요하지 않겠다는 중립 노선이로군요. 폴이 고개를 끄덕이며 말했다. 괜찮은 생각인데요, 한 방에 정직성과 민족의식을 결합시키는. 정직한 스코틀랜드인. 정직성의 미덕. 병 안에 든 미덕.

그렇게 되면 우리의 지향하는 바가 명확해져요. 밋지가 말했다. 안 그래요? 그리고 이것으로 병(bottle), 아니 전쟁(battle)의 절반은 끝난 거지요.

지향점을 알면 무엇이 정말 중요한지도 알게 돼요. 생수에 우리의 비전을 담으면 그것은 병 안에 든 이상주의가 될 겁니다. 폴이 말했다.

병 안에 든 자아 정체성. 밋지가 말했다.

병 안에 든 정치학. 폴이 말했다.

나는 냉수기가 설치되어 있는 창가로 가서 섰다. 버튼을 누르자 커다란 플라스틱 용기에서 조그만 플라스틱 컵으로 물이 뿜어져 나왔다. 물에서 플라스틱 맛이 났다. 죽었구나, 하고 나는 생각했다. 이걸로 끝이야. 그러자 마음이 편안해졌다. 다만 밋지를 힘들게 한 것이 미안할 따름이다. 회의석상에서 나를 구해주려 애쓴 정말 좋은 언니인데.

　조그만 새 한 마리가 회의실 창문 위의 낙수 홈통에서 날아 내려와, 건물 정문의 거대한 퓨어 사 간판 위로 가지를 늘어뜨린 나무에 앉는 것이 보였다. 새가 나뭇가지에 내려앉을 때의 그 자연스럽고 능숙한 몸짓이 나를 기쁘게 했다. 바깥에 있는 사람들, 즉 정문의 퓨어 사 간판 밑에 모여 있는 사람들도 새가 나뭇가지에 내려앉는 모습을 보았을까.

　그들은 연극 구경이라도 하듯 거기 모여 서 있었는데, 몇몇은 웃고 있었고 몇몇은 손짓을 하며 이야기를 하고 있었다.

　그들의 시선이 머문 곳에 결혼식 의상을 입은 청년이 있었다. 그는 사다리에 올라 간판에 보수 작업 비슷한 것을 하고 있었다. 실습 나온 여고생들이 이것을 구경하고 있었고, 안내 데스크의 베키와 행인으로 보이는 사람들 몇 명, 그리고 밋지의 소개로 얼굴을 익힌 퓨어 사 홍보실과 인사부 직원 한두 명이 이를 지켜보고 있었다.

　폴이라는 이름의 그 근사한 민둥머리가 냉수기 앞에 와서 섰다. 그는 플라스틱 컵을 플라스틱 꼭지 밑에 갖다 대면서 미안한 표정으로 내게 고개를 끄덕여 보였다. 그의 표정이 심각한 것으로 보아 나는 내일 아침 일찍 해고될 것이 틀림없었다. 잠시 후 그가 창밖을 내다보았다.

회사 간판에 무언가 이상한 일이 벌어지고 있군요. 그가 말했다.

사람들이 모두 창문 앞에 빙 둘러서 있을 때 나는 회의실을 빠져나와 코트를 집어 들고 컴퓨터를 껐다. 아직은 책상 서랍 속에 내 물건이 별로 없었기에 가지고 갈 짐도 거의 없었다. 나는 지키는 사람 없이 전화기마다 온통 불이 깜빡거리는 안내 데스크를 지나 층계를 달려 내려와 햇빛 속으로 나왔다.

아름다운 날이었다.

정문 앞 사다리에 올라가 있는 소년은 킬트를 입고 스포란*을 차고 있었다. 밝은 빨강색의 격자무늬 킬트였다. 그는 또 커프스에 프릴이 달린 셔츠와 검은색 조끼를 입고 있었는데, 가까이 다가가자 프릴 달린 소맷부리가 보였다. 그의 양말 속에서 나이프가 번쩍하고

---

* 킬트 앞에 다는 작은 가죽 주머니.

빛을 발했고, 그의 조끼에 달린 조그만 다이아몬드 스팽글과 스포란에 달린 체인이 반짝거렸다. 검은색 긴 머리칼은 〈캐리비안의 해적〉에 나오는 조니 뎁의 머리처럼 양옆을 작은 고리들로 묶어 내렸는데, 조니 뎁보다는 좀더 깔끔했다. 그는 '퓨어'라는 글자 밑에다 빨간색 스프레이로 다음과 같은 문구를 예쁘게 써넣고 있는 중이었다.

어리석은 짓 말라. 물은 인간의 기본권이다. 어떤 방식으로든 물을 판다는 것은 도덕적으로 잘못

실습생들은 웃으며 박수를 쳤고, 그중 한 사람은 노래를 불렀다. 바람이 높게 불었다 낮게 불었다 하네. 나는 킬트를 입고 거리를 지나네. 아가씨들이 모두 인사를 해오네.* 그들이 나를 보고 손을 흔들었다. 나도 마주 손을 흔들어주었다. 홍보실 사람 하나가 휴대전화로 누군가와 통화를 하고 있었다. 홍보실과 인사부의 다른 직원들은 걱정스런 표정으로 모여 있었다. 경비 두 사람이 하릴없이 사다리 밑에 서 있었는데, 그중 하나가 손가락으로 건물 쪽을 가리켰다. 나는 위를 올려다보았

---

* 캐나다의 록 밴드 엔터 더 해기스의 노래 〈Donald, Where's Your Trousers?〉

지만, 방금 전에 내가 내다본 창문을 포함해서 모든 창문이 밖에서는 들여다볼 수 없게 되어 있었다.

언니가 그 안에서 나를 보고 있을지 궁금했다. 그러자 언니에게 손을 흔들어주고 싶은 생각이 들었다.

되었다. 소년이 마저 써내려갔다.

경비 두 사람은 서로 얼굴을 마주보며 머리를 흔들었다.

안내 데스크의 베키가 내게 눈을 찡끗하고는 심각한 얼굴로 그들에게 고개를 끄덕여 보였다. 우리는 팔다리가 늘씬한 그 소년이 자신의 작품 밑에 뽐내는 듯한 비스듬한 장식체 글씨로 능숙하게 서명하는 것을 지켜보았다.

이피솔.

그는 스프레이 캔을 흔들어 소리를 들어보더니 그것을 조끼 호주머니에 집어 넣었다. 그러고는 사다리의 양옆을 붙잡고 한 번에 훌쩍 뛰어내려 미끄러지듯 멋지게 착지하더니 뒤를 돌아다보았다.

그때 내 머릿속에서 무언가가 일어났다. 마치 바다에 폭풍이 일듯이. 하지만 그것은 순간적인 일이었고, 내 머릿속에서 일어난 일일 뿐이었다. 내 가슴속에서 분명히 무언가가 일어났다. 마치 바위에 부딪힌 배의 선체처럼 나 스스로가 해체되는 듯했고, 내 안의 활짝 열린 배 속으로 바닷물이 밀려들었다.

그는 내가 이제껏 보아온 중에 가장 아름다운 소년이었다.

그렇지만 그는 정말 소녀처럼 보였다.

그녀는 내가 이제껏 보아온 중에 가장 아름다운 소년이었다.

너

(하느님, 맙소사. 내 동생이 게이라니.)

(나는 화나지 않았다. 화나지 않았다. 화나지 않았다. 화나지 않았다.)

나는 아디다스 운동복 하의를 입고, 나이키 운동화 끈을 묶는다. 그리고 아디다스 운동복 상의의 지퍼를 올린다. 나는 5월 초여름의 어느 (정상적인) 날 (정상적으로) 현관을 나서는 (정상적인) 사람처럼 현관을 나서서 (정상적인) 사람들이 늘 하는 (정상적인) 운동인 조깅을 하러 간다.

그래. 나는 달린다. 기분이 한결 나아진다. 발밑으로 도로의 감촉이 느껴진다. 그래. 그래. 그래.

(그건 아빠와 헤어진 엄마 탓이다.)

(하지만 만약 그게 사실이라면 나도 게이여야 하지 않는가.)

(그렇다면 그건 절대 사실이 아니다. 결코 아니다.)

(나는 분명히, 분명히 게이가 아니다.)

(나는 확실히 남자를 좋아한다.)

(그렇지만 그건 그애도 마찬가지다. 그애도 남자를 좋아했다. 그애는 데이브와 아주 오랫동안 사귀었고, 스튜어트와도 사귀었다. 앤드루라는 남자친구도 있었고, 조금 특이한 데가 있는 잉글랜드인 남자친구도 있었다. 멀에 사는 그 누구더라, 마일스였나 자일스였나 하는 이름의 남자친구도 있었고, 새미, 토니, 니콜러스 등의 남자친구도 있었다. 그애에겐 늘 남자친구가 있어서, 내게 남자친구가 생기기 한참 전인 열두 살 무렵부터 이미 남자친구가 있었다.)

나는 신호등 앞의 횡단보도를 건넜다. 가능한 멀리까지 달릴 생각이다. 강가를 달려서 섬들을 지나 운동장 트랙을 돌고, 묘지를 지나 운하 쪽으로 달릴 것이다.

('게이'라는 표현이 올바른 것일까? 보다 적확한 표현이 있을까?)

(자신이 그런 사람인지 아닌지 어떻게 알 수 있지?)

(엄마는 앤시아가 그런 걸 알까?)

(아빠는 알까?)

(게이나 동성애자, 또는 그 무엇으로 불리든 그것은 전적으로 자연스러운 것이다. 요즘 같은 시대에는 전혀 문제될 게 없다.)

(동성애자들은 이성애자와 전혀 다를 바 없는 사람들이다. 물론 동성애자라는 점만 빼고.)

(두 사람은 정문에서 손을 잡고 있었어.)

(진작 알아차렸어야 하는 건데. 그애는 늘 조금 특이한 데가 있었어. 늘 어딘가 달랐지. 늘 반대로 행동하는 경향이 있어서, 해서는 안 된다고 알고 있는 일들을 했어.)

(그건 스파이스걸스 탓이야.)

(그애는 스파이스걸스의 한정판 뮤직 비디오를 샀어.)

(그애는 늘 너무 지나칠 정도로 페미니스트 같았어.)

(그애는 늘 조지 마이클의 CD를 들었어.)

(그애는 〈빅 브라더〉라는 리얼리티 쇼에서 늘 소녀들에게 투표를 하곤 했는데, 언젠가 성전환자가 출연한 해에는 그에게, 아니 그녀에게, 아니 뭐라 불러야 좋을

지 모르겠지만 어쨌든 그 사람한테 표를 던졌어.)

(그애는 〈유로비전 송 콘테스트〉를 좋아했어.)

(그애는 지금도 〈유로비전 송 콘테스트〉를 좋아해.)

(그애는 〈미녀와 뱀파이어〉를 좋아했어.)

(그렇지만 그건 나도 마찬가지인걸. 〈미녀와 뱀파이어〉에는 동성애자 소녀들이 등장하지만, 매우 호감이 가는 인물들이었어. 윌로우였기에 그녀가 동성애자라도 상관없었지. 윌로우는 영리했고, 우리는 그녀를 좋아했어. 그녀의 친구 타라는 매우 사랑스러웠고. 한번은 윌로우와 타라가 키스를 하는데, 그 키스로 인해 두 사람은 발이 땅에서 떨어져 공중부양을 하게 되었더랬지. 다음 날 학교에서 그 이야기를 할 때 우리는 역겹다는 식으로 얘기해야 했어.)

휴대전화에 문자 메시지 네 개가 들어와 있었다. 모두 도미닉이 보낸 것이다.

뭐해?

술집에 올래?

지금 와.

꼭 와야 해.

(답은 조깅을 마친 후에 보내기로 하자. 휴대전화를

집에 두고 나왔다고 하지 뭐.)

이제 막 세븐스톤 상점을 지났다.

나는 잘해나가고 있다.

우리는 스코틀랜드 생수 시장에 새바람을 불러일으키고 있다.

'오 칼레도니아.'* 회사에서는 이 이름을 아주 마음에 들어해서 내 연봉을 올려주었다.

세금을 공제하기 이전의 연봉이 삼만 오천 파운드나 된다.

내가 이렇게 많은 돈을 벌다니, 믿어지지가 않는다. 내가!

나는 분명히 잘해나가고 있다. 생수는 큰돈을 벌어다 줄 것이다.

(그애는 여전히 회사 사람들을 민둥머리라고 부르지만, 그들 모두를 도매금에 넘기는 건 불공평하다. 그건 그냥 유행일 뿐인데. 남자들은 여자들보다 감각이 떨어지지 않은가. 그런 짓을 하다니, 그애는 잘못한 거야. 그애는 잘못……)

---

* '스코틀랜드의 물'이라는 뜻. '오'는 불어로 '물'을 의미하고, '칼레도니아'는 '스코틀랜드'의 옛 이름이다.

(그들은 회사 정문에서 손을 잡고 있었어. 누구나 볼 수 있는 곳에서. 그리고 나는 보았어. 로빈 굿맨이 내 동생을 부드럽게, 정말 부드럽게 산울타리에 밀어붙이는 것을.)

(그러고는 그애에게 키스를 했어.)

(로빈이 가사에 '그와 나' 또는 '그와 그녀' 대신 '나와 당신'이 나오는 노래를 좋아할 때부터 이미 알아보았어야 했어. 대학에 다닐 때 우리는, 엄마가 집을 나가기 전에 즐겨 듣던 트레이시 채프먼의 노래들이 그런 것처럼 가사에 '남자'나 '여자' 대신 '당신'이 나오는 노래를 더 좋아하는 사람들은 스스로 동성애적 성향이 있음을 드러내는 것이라고 알고 있었고, 또 그렇게 얘기하곤 했었는데.)

(사랑에 빠져 결혼을 해서 아이를 낳게 되면 아이 곁을 결코 떠나지 않을 거야. 아이를 갖는 것도, 이기적인 세대처럼 나이 들어서 하지 않고 젊었을 때 할 거야. 아이를 안 갖느니 차라리 직업을 포기하는 쪽을 택할 거야. 아이를 포기하느니 나 자신을 포기하겠어. 내 아이들을 버리느니 그 어떤 어리석은 원칙이든 전부 포기하겠어. 다행히도 페미니즘이 불러온 이기주의도 수그러

들고 우리는 이제 우리가 필요로 하는 모든 것을 갖게 되었어. 훨씬 더 많은 책임이 수반되는 가치들을 포함해서 말이야.)

조깅하기 좋은 화창한 날씨다. 비도 오지 않고, 나중에도 올 것 같지 않다.

(내 동생이 게이라니.)

(나는 화나지 않았어.) (나는 괜찮아.)

(괜찮아질 거야. 사실 다른 누군가의 동생에게 생긴 일이었다면 이렇게까지 괴롭지는 않았을 텐데.)

(괜찮아. 많은 사람들이 동성애자야. 단지 내가 아는 사람들 중에 없다 뿐이지.)

강을 따라 달린다. 역사상 이 시대에 여기, 하일랜드의 주도인 이 활기 넘치는 도시에 살다니 나는 정말 행운아다. 이곳은 현재 관광산업과 은퇴자들 덕에, 그리고 내가 그 중심에서 활약하고 있으며 앞으로 놀라운 역사를 일구어낼 생수산업의 성장 덕에 영국 전역에서 가장 빠른 속도로 발전하고 있는 도시다.

이 지역 사람들은 나라 전체에서 가장 순수한 영어를 구사한다. 1745년의 반란*과 1746년의 참패 이후 게일인들이 쫓겨나고 마을 처녀들이 모두 잉글랜드 병사들과 결혼하여 영어를 쓰게 되었을 때 모음의 발음에 변화가 일어났기 때문이다.

트레이시 채프먼의 그 앨범에 수록된 모든 노래의 가사를 정확하게 기억해낼 수 있다면 최소한 삼 마일은 더 달릴 수 있겠지만, 벌써 여러 해를, 적어도 십 년은 듣지 못한 것 같다.

목표 지향적이 된다는 건 좋은 일이다. 머릿속의 다른 모든 것을 몰아낼 수 있으니까.

운하와 호수를 지나 블리 거리 쪽으로 올라가야겠다. 그러고는 코너를 돌아서……

(하지만 내 동생은 범법자이자 우리 회사에서 고소를 준비 중인 사람이랑, 뿐만 아니라 나와 같이 학교에 다닐 때 늘 그런 말로 불리던 사람이랑 벌써 몇 주째 어울려 다니고 있다. 그리고 그 사람은 내 동생을 그들 중 하나로 만들었고. 그들 중 하나. 학교에 다닐 때 우리는 어떻게 알고 로빈 굿맨을 그런 말로 불렀을까? 감수성이 예민한 사춘기 소녀들의 직감이었을까? 아니, 나는 몰랐다. 전혀 몰랐어. 그저 로빈이라는 이름이 여자 이

* 스튜어트 왕가의 후손인 찰스 에드워드 공이 영국 왕위 계승을 요구하며 일으킨 반란.

72

름이 아니고 남자 이름이라서 그런가보다고 생각했었
지. 아마 그랬을 거야. 혹은 그녀가 뷸리 거리의 아이들
과 함께 뷸리 거리를 지나는 버스를 타고 다니고, 남자
아이 같은 이름을 가지고 있어서 그랬는지도 몰라. 그
녀는 어딘가 좀 이상한 데가 있었고, 또 어머니가 흑인
이고 아버지가 백인이라는 말도 있었어. 아니, 그 반대
였던가? 어쨌든 그 말이 사실일까? 내가 기억하는 한
뷸리 거리에 사는 흑인은 없었어. 만약 있었다면 우리
가 몰랐을 리가 없지.)

(그 단어를 내 입으로 말할 순 없어.)

(맙소사, 그건 '암'이라는 말보다 더 나빠.)

(내 동생은 〈스캔들 노트〉라는 영화에서 주디 덴치가
분한 매사에 불만이 많고 집착이 강한 그 비정상적인
여자처럼 되고 말 거야.)

(그 영화를 볼 때는 주디 덴치가 그런 역을 썩 잘 소
화한다고 생각했어. 하지만 그건 내 동생이 그들 중 하
나가 될 것이고, 진실한 사랑이 결여된 끔찍한 삶을 살
게 되리라는 생각을 하기 전의 일이야.)

(내 동생은 비참한 삶을 살게 될 거야.)

(그렇지만 나는 로빈 굿맨이 내 동생을 그토록 부드

럽게—그 밖에는 달리 표현할 말이 없다—산울타리에
밀어붙이고 그다지 부드럽지는 않게 키스를 하던 것을
보았고, 또 키스를 하면서 한쪽 다리를 내 동생의 다리
사이로 옮기는 것을 보았어. 그리고 키스도 일방적인
것만은 아니어서, 내 동생도 로빈 굿맨에게 마주 키스
를 했지. 그러고는 둘이 함께 웃었어.)

(그들은 행복에 겨워 웃었어.)

(동네 사람들이 보았을 거야. 훤한 대낮이었으니까.)

(이사를 가야 할지도 몰라.)

(그래, 좋아. 이사할 돈은 되니까.)

삼만 오천 파운드. 내 나이치고는 꽤 많이 버는 셈이
다. 게다가 여자인 것을 감안하면, 하고 아빠는 말했다.
조금 성차별적인 생각이긴 하다. 남녀 차이는 직장에서
일을 잘하고 못하고와 아무 상관이 없으니까. 나는 퓨
어 사의 창의력 연구팀에 있는 열 명의 임원 중 유일한
여성이지만, 그것은 성별과는 상관없이 내가 일을 잘하
기 때문이다.

어쩌면 키스가 내게 미국행을 제안해올지도 모른다.
본부에서 하는 창의력 연수에 참석하라고 말이다. 본부
는 LA에 있다!

키스는 '오 칼레도니아'라는 상표가 썩 마음에 드는 눈치였다.

그는 이 이름이 영어권 국가들뿐 아니라 프랑스에서도 아주 좋은 반응을 얻을 거라 생각한다. 그건 아주 중요한 요소인데, 프랑스가 세계적으로 알아주는 생수 시장이기 때문이다. 스코틀랜드적이면서도 프랑스적인 이름. 그는 이렇게 말했다. 잘했네. 본부에서는 자네가 와주기를 바랄 거야. 자네도 거기가 마음에 들 거고.

내가! 로스앤젤레스에!

그는 그런 뜻을 내비쳤다. 지난 화요일에. 내가 그곳을 마음에 들어할 것이고 본부에서도 내가 와주기를 바랄 거라고 했었다. 그게 지난주의 일이다.

앤시아에게 키스가 그런 암시를 주었다고 이야기하자 그애는 그가 암시 요법을 썼다고? 그 병원 드라마 〈ER〉에서처럼? 하고 말했다.

나는 바보 같은 소리 마, 앤시아, 하고 말했다.

(〈ER〉에도 동성애자인 여의사가 나온다. 연인이 늘 화재나 그 비슷한 것으로 사망하는.)

(동성애자는 늘 죽는다.)

앤시아는 정말 어처구니가 없다. 내가 좋은 직장을

얻어주었는데도 지금 아무 일도 안 하고 집에 있으니. 정말 영리한 아인데. 인생을 낭비하고 있다.

(나는 집에서 어떤 상표가 좋을까 고민하고 있었지. '맥아쿠아'라는 이름이 떠올랐지만 그러면 맥도날드에서 소송을 제기해올지도 모르고, 그래서 다시 '스콧오'를 생각해냈어. '오' 소리를 소리 내어 말하는데 앤시아가 지나가다가 듣고 '칼레도니아'를 붙여줬지. 우리는 정말 좋은 팀이고, 앞으로도 좋은 팀이 될 수 있었는데. 오, 하느님 맙소사, 내 동생은……)

회사에서 앤시아를 채용하는 호의를 베푼 뒤에도 내게 그런 제안을 해오다니, 정말 다행스런 일이다. 앤시아는 너무 뭘 모른다. 자신이 얼마나 높은 연봉을 받으며 일을 시작한 거였는지도. 그날 있었던 그애의 무례한 행동과 회사 간판 밑에서 일어난 일을 가지고 내게 뭐라 하는 사람이 없어서 정말 다행이다.

(간판 밑. 그래, 확실히 두 사람은 거기서 만났어. 지난달에 나는 어쩌면 둘이 만나는 그 로맨틱한 순간을 목격했는지도 몰라. 내가 창밖을 내다보고 있는데 그 별스런 기물 파괴자가 사다리를 내려와서는 앤시아와 대화를 나눴어. 그러고는 경비에게 붙들려 경찰에 넘겨

졌지. 경비가 작성한 보고서에 그녀의 이름이 쓰여 있었어. 내가 아는 이름이었지. 우리는 같이 학교에 다녔으니까. 이 좁은 동네에서 그런 일이 일어나다니. 하지만 어쩌겠어?)

(두 사람이 사전에 공모하여 퓨어 사에 협공을 가한 게 아닌 한 어쩔 수 없는 일이지. 하지만 정말 그랬는지도 몰라. 해 아래 불가능한 일이 없는 요즘이니까.)

(모든 것이 변했어.)

(그 무엇도 예전 같지 않아.)

나는 멈춰 섰다. 달리지 않고 그냥 서 있었다.

(어디로도 가고 싶지 않아. 어디로 달려야 할지 모르겠어.)

(무슨 이유가 있어서 서 있는 것처럼 보이는 편이 좋겠지. 횡단보도에 가서 서 있어야겠다.)

암시했다(intimated)는 말은 친밀한(intimate)이라는 말과 관련이 있을 것 같다. 너무나 많은 글자가, 아니 거의 대부분이 같으니까 말이다.

나는 길을 건너려고 기다리는 (정상적인) 사람처럼 횡단보도 앞에 섰다. 버스가 한 대 지나갔다. 버스 안은 (정상적으로 보이는) 사람들로 가득했다.

(내 동생은 스테이지코치 버스회사의 소유주가 수백만 파운드를 들여 포스터를 제작, 동성애 반대 캠페인을 벌이는 이유 중 하나가 되고 말았어. 스코틀랜드 전역에 나붙은 그 포스터에는 나는 앞뒤가 꽉 막힌 사람은 아니지만 우리 아이가 학교에서 게이가 되어 나오기를 바라지는 않는다 같은 말을 하는 인물이 등장하지.)

　(그들은 웃고 있었어. 정말 행복한 듯이, 혹은 동성애자가 되는 것이 별일 아니거나 정말 재미있는 일이라는 듯이.)

　나는 리듬을 잃지 않기 위해 제자리 뛰기를 했다.

　(로빈이 내 동생 다리 사이로 자신의 다리를 집어 넣던 광경이 좀처럼 뇌리에서 사라지지 않아. 그건 정말 잊기 힘든 기억이야.)

　(그건 너무 ……

　친밀해.)

　나는 제자리 뛰기를 멈추고 도로 양쪽을 살폈다. 차는 오지 않았다. 도로는 텅 비어 있었다.

　그렇지만 나는 그냥 서 있었다.

　(내가 어떻게 된 걸까, 횡단보도를 건널 수가 없으니.)

　(만약 내 동생이 책이었다면 학교에서 금서가 되었

을 텐데.)

(아니야, 그 법은 폐지되었지, 아마?)

(아닌가?)

(기억이 안 나네. 어느 쪽인지 기억이 안 나. 그 법이
내가 기억하거나 특별히 관심을 기울여야 할 법이 될
거라고는 정말이지 생각도 못했는데.)

(내가 그 법에 대해 관심을 갖거나 골똘히 생각해본
적이 있던가? 과연 그래야 할까?)

(생각해본 적이 있어. 그리고 그래야 해. 전 세계적으
로 동성애자들에 대한 핍박이 더 심해지고 있다는 신문
기사가 났었어. 폴란드와 러시아에서뿐만 아니라 스페
인과 이탈리아에서도 그런다고 말이야. 폴란드나 러시
아에서라면 이해할 수 있는 일이지만 이탈리아에서도?
스페인에서도? 이탈리아나 스페인이라면 이곳 영국과
별반 다를 바 없는 나라들이잖아.)

(오늘 아침 신문에는 십대 청소년들 중 동성애자의
자살률이 동성애자가 아닌 아이들에 비해 여섯 배나 높
다고 나왔어.)

(어떻게 해야 좋을지 모르겠어.)

나는 차가 지나가지 않는데도 횡단보도에 그대로 서

있었다. 현기증이 나면서 쓰러질 것 같았다.

(누구라도 나를 보면 정말 이상한 사람이라고 생각하겠지.)

술집에는 도미닉과 노먼밖에 없었다.

어디 갔었어, 이 쓰잘 데 없는 여우야? 노먼이 말했다.

그렇게 부르지 마, 내가 말했다.

농담도 못해? 그가 말했다. 기분 풀어. 하하!

그는 바(bar)로 가서 화이트 와인 한 잔을 가져다주었다.

노먼, 다이어트 콜라로 갖다달라고 했잖아. 내가 말했다.

하지만 이걸로 샀는걸. 노먼이 말했다.

그렇군. 내가 말했다.

바꿔다 줄까? 노먼이 말했다.

아니, 됐어, 그냥 마시지 뭐. 내가 말했다.

내가 문자 보냈었는데, 맷지. 도미닉이 말했다.

(내 이름은 이모겐이야.)

그랬어? 내가 말했다.

네 번이나 보냈다구. 도미닉이 말했다.

아, 휴대전화를 집에 두고 나왔었거든. 내가 말했다.

내가 문자를 보내겠다고 했는데도 집에 두고 나왔단 말이지? 도미닉이 말했다.

그는 정말로 마음이 상한 듯했다.

폴이나 다른 사람들은 안 왔어? 내가 말했다. 모두들 오는 줄 알았는데.

우리뿐이야. 노먼이 말했다. 이모겐에겐 행운의 밤이지. 나중에 브라이언이 올 거야. 샨텔을 데리고.

나도 조만간 샨텔을 데려와야지. 도미닉이 말했다.

나는 데려올 뿐만 아니라 그 이상의 훨씬 더 많은 것을 할 거야. 노먼이 말했다. 폴은 게이야. 〈유니버시티 챌린지〉가 방영되는 월요일 밤에는 집 안에 틀어박혀서 밖에 나오려 들지 않을걸.

폴은 게이가 아니야. 내가 작은 목소리로 말했다.

폴은 오늘 밤 천왕성에 대한 질문들이 나왔으면 하고 바라고 있을 거야. 도미닉이 말했다.

폴은 게이가 아니야. 나는 조금 더 크게 다시 말했다.

경험에서 나온 소리야? 노먼이 말했다.

참 흥미로운 대화로군. 내가 말했다.

나는 지루한 표정을 지어 보였다. 이게 효과가 있어야 할 텐데.

도미닉은 아무 말도 하지 않고 내 얼굴을 빤히 쳐다보았다. 그가 하도 빤히 쳐다보는 바람에 나는 고개를 돌렸다. 나는 화장실에 가는 척하고 다른 쪽 바로 빠져나와 폴에게 전화를 걸었다.

술집에 있는데, 나와. 내가 말했다. 밝은 목소리를 내려고 애쓰면서.

누구누구 있는데? 폴이 물었다.

많아. 내가 말했다.

도미닉하고 노먼이지? 폴이 말했다. 두 사람이 내 휴대전화에 불쾌한 음성 메시지를 남겨놓아서 물어보는 거야.

음, 그리고 내가 있지. 내가 말했다. 내가 있어.

기분 나쁘게 듣지는 마, 이모겐. 하지만 나는 가지 않아. 폴이 말했다. 그들은 어리석기 짝이 없는 바보들이야. 자기들이 아주 재미있는 사람들인 줄 알고 텔레비전에 나오는 악당 짝패처럼 행동하지. 대체 거기서 그들과 무얼 하고 있는 거야?

폴, 그러지 말고 나와. 내가 말했다. 재미있을 거야.

그래, 하지만 요즘 세상은 인터넷에서 여자들이 말이나 개하고 엉켜 있는 사진을 보고 재미있어하는 사람들과 그렇지 않은 사람들로 나뉘지. 폴이 말했다. 나중에 집에 데려다줄 사람이 필요하면 그때 전화해.

나는 전화를 끊으며 폴이 아주 완고하다고 생각했다.

그는 왜 다른 사람들처럼 그냥 재미있어하는 척하지 못하는 걸까.

(어쩌면 그는 게이일지도 모른다.)

그래서 그 다른 실습생은 어땠어? 내가 자리로 돌아오는데 노먼이 말하는 소리가 들려왔다. 샨텔 말고 다른 여학생 말이야. 겪어보니 어떻더냐구?

내게 다른 생각이 있어. 도미닉이 나를 보며 말했다.

나는 그의 눈 위, 이마를 보았다. 도미닉과 노먼이 같은 스타일로 머리를 자른 게 눈에 들어왔다. 노먼이 바로 가서 술이 가득 든 병을 가져왔다. 그와 도미닉은 그 롤쉬*를 마시는 중이었다.

그렇게 많이는 못 마셔. 내가 말했다. 한두 잔만 마시고 집에 갈 거야.

---

* 네덜란드 산 맥주.

다 마셔야 해. 노먼이 말했다. 그가 술잔의 가느다란 선을 지나 넘치기 일보 직전까지 술을 부어서, 흘리지 않고 마시려면 테이블 쪽으로 몸을 굽혀서 잔에 입을 가져다 대거나 아니면 술잔을 집어들 때 흘리지 않도록 초인적인 노력을 기울여야 했다.

금방 일어설 거야. 도미닉이 말했다. 카레 먹으러 갈 건데, 같이 가자. 빨리 마셔.

나는 못 가. 내가 말했다. 오늘은 월요일이야. 내일 출근해야지.

가야 해. 노먼이 말했다. 출근해야 하는 건 우리도 마찬가지라구.

나는 잔에 가득 따른 술을 네 잔이나 마셨다. 내가 술을 마시려고 몸을 굽히자 그들은 큰 소리로 웃어댔다. 나는 나중에는 그 편이, 즉 그들을 박장대소하게 하는 편이 나을 것 같아서 그냥 그대로 마셨다.

인도 음식점에서는 모든 것이 냄새가 너무 강했고, 사방의 벽이 굽도리널에서 떨어져 나와 점점 좁혀 들어오는 듯했다. 거기서 그들은 마치 내가 그 자리에 없는 사람인 것처럼 일 얘기를 했고, 무슬림 파일럿에 대한 우스갯소리 몇 가지와 눈먼 유대인 남자와 창녀에 관한

길고 복잡한 농담을 늘어놓았다. 그때 브라이언이 도미닉에게 못 온다는 문자를 보내왔다. 도미닉은 브라이언에게 전화를 걸었고, 그리하여 두 사람 사이에, 샨텔과 그녀의 친구에 대해, 또 지금 샨텔의 그레기한 친구가 옆에 있는지, 브라이언이 그녀를 볼 수 있는지에 대해 큰 소리로 대화가 오갔다. 그동안 나는 사방이 빙빙 도는 식당에 앉아 그레기가 무슨 뜻인지 생각해보았다. 그것은 분명 그들이 만들어낸 단어였다. 그 단어를 말할 때 도미닉과 노먼이 큰 소리로 웃어대는 품이 그랬다. 그들이 너무 심하게 웃어대는 통에 주위 사람들은 기분이 상한 듯했고, 우리에게 음식을 날라다주던 인도인들도 기분이 상한 듯했다. 나도 웃음을 참을 수 없었다.

미루어 짐작건대 두 사람은 샨텔의 친구인 다른 실습생이 열여섯 살이나 되었으니 화장하는 법을 알 때가 되었는데도 화장을 제대로 안 하고 다닌다는 뜻으로 그 단어를 사용하는 것 같았다. 입고 다니는 옷도 어딘가 잘 안 어울리고 대체로 그녀가 조금 실망스럽다는 의미인 듯했다.

그녀는 좀 그레기해. 도미닉이 말했다.

무슨 뜻인지 알 것 같아. 내가 말했다.

내 말은, 예를 들어 이모겐을 좀 봐. 이모겐은 매일 운동과 기타 등등을 하지. 회사에서 지위도 높고 여러 가지로 대단해. 그렇지만 이모겐은 그레기하지 않아. 오토바이를 타고 다녀도 조금도 이상하지 않지. 노먼이 말했다.

그러니까 그레기하다는 건 오토바이를 타고 다녀도 이상해 보이지 않는다는 뜻이야? 내가 말했다.

두 사람은 웃음을 터뜨렸다.

그러니까 여성스럽지 않다는 뜻이야? 내가 말했다.

이모겐이 그레그하는 것을 보았으면 좋겠어, 노먼이 내 쪽을 보며 말했다. 이모겐과 그녀의 그 잘생긴 여동생이.

그들은 큰 소리로 웃었다. 누군가 사포로 내 두개골을 문지르는 듯한 느낌이었다. 나는 우리를 쳐다보고 있는 사람들의 시선을 피해 테이블보를 바라보았다.

아, 이모겐은 정치적으로 올바른 단어를 사용하지 않는 것을 싫어해. 도미닉이 말했다.

그레기 그레기 그레기, 노먼이 말했다. 머리를 쓰라구. 자유연상을 해보는 거야.

쓰레기? 내가 말했다. 쓰레기와 관련이 있어?

비슷해. 아주 비슷해. 노먼이 말했다.

그러지 말고 이모겐에게 힌트를 좀 줘. 도미닉이 말했다.

좋아. 굉장한 힌트를 주지. BBC 방송국 사람과 비슷해. 노먼이 말했다.

어떤 사람? 내가 말했다.

이라크 문제로 사임한 사람 말이야. 뉴스를 통해 사람들로 하여금 소리 내어 말해서는 안 될 말을 하게 한 죄로 BBC 사장직에서 물러난.* 노먼이 말했다.

글쎄. 내가 말했다.

지진아야? 그레그 다이크 얘기잖아. 이제 기억 나? 도미닉이 말했다.

그 실습생이 그레그 다이크와 관계가 있다는 뜻이야? 내가 말했다.

두 사람은 웃음을 터뜨렸다.

그녀가 입 밖에 내서는 안 될 것을 말했다는 뜻이야? 내가 말했다.

---

* 2003년 BBC는 영국 정부가 이라크의 대량 살상 무기에 대한 정보를 조작했다고 보도했다가 오보 논란이 일자 사장인 그레그 다이크가 책임을 지고 사임했다.

그녀는, 이를테면 비언 같아. 노먼이 말했다.

뭐 같다구? 내가 말했다.

레즈 같다구. 노먼이 말했다. 그냥 그래 보여.

그날 회사 간판에 낙서를 한 그 이상한 여자애처럼 말이지. 도미닉이 말했다.

(나는 온몸이 싸늘하게 굳었다.)

곧 있을 재판이 몹시 기다려지는걸. 다들 보러 가면 좋을 텐데. 노먼이 말했다.

그렇게 될 거야. 도미닉이 말했다. 그런 유의 재판에는 남자들이 필요하니까.

내가 브라이언에게 한 말이 바로 그거야. 가만히 보고 있다가 적시에 끼어드는 거지.

있잖아, 내가 말했다. 오늘 아침 신문을 보니까 동성애자인 십대 청소년들이 동성애자가 아닌 청소년들보다 자살할 확률이 여섯 배나 높대.

좋았어. 하하! 노먼이 말했다.

도미닉의 눈빛이 흐릿해졌다. 인간이라는 종(種)에게는 스스로 조절할 수 있는 기능이 있지. 그가 말했다.

그들은 또다시 내가 그 자리에 없는 것처럼 말하기 시작했다. 조금 전에 일 이야기를 할 때 그랬듯이.

내가 이해할 수 없는 게 바로 그거야. 도미닉이 고개를 저으며 진지하게 말했다. 왜냐하면, 그게 없이 어떻게 하느냐 이거지. 그건 말도 안 돼.

프로이트는 그것을 일종의 결핍 상태라고 정의했어. 노먼이 말했다. (노먼은 스털링 대학교에서 심리학을 전공했다) 무언가 정말 기본적인 것이 결핍된 상태라는 거지.

도미닉이 엄숙한 표정으로 고개를 끄덕였다.

맞아, 그가 말했다. 분명히 그래.

사춘기적 퇴행 현상이고 현저한 발달 저하지. 노먼이 말했다.

그래, 하지만 정말 심한 경우야. 도미닉이 말했다. 내 말은, 다른 것은 다 그만두고라도, 그게 얼마나 기이하며 부자연스러운 일인가 하는 것도 제쳐두고 모든 것을 떠나서, 대체 무엇으로 그 일을 해내느냐 하는 거야. 여자들에게는 연장이 없는데. 빅토리아 여왕이 여자들끼리의 동성애를 불법화하지 않은 것도 그 때문이지.

무슨 말이야? 노먼이 말했다.

채널 포에서 봤는데, 여왕은 그런 일이 없다고 말했대. 마치 여자들끼리의 동성애는 존재하지 않는다는 듯이. 여왕의 말이 맞아. 내 말은 남자들의 경우에는 비록 역겹긴 하지만, 그리고 자칫 어린이를 대상으로 한 성범죄로 이어질 수도 있지만, 진짜 섹스라는 거지. 안 그래? 하지만 여자들의 경우에는 그게 어떻게 가능하겠어? 정말 이해가 안 가. 웃기는 얘기지. 도미닉이 말했다.

그래, 하지만 여자들끼리의 행위를 보는 것도 괜찮아. 노먼이 말했다.

그래, 하지만 그게 진짜가 아니라는 점은 인정해야 할 거야. 도미닉이 말했다.

(맙소사, 내 동생은 그레기한 데다 결핍 상태에 발달 지체이고 불법화할 가치조차 없는 짓을 하고 다니는 사람이다.)

(내 동생을 지칭하는 말이 이렇게 많을 줄이야.)

도미닉과 노먼은 또다시 웃음을 터뜨리고는 어깨동무를 했다.

이제 가봐야 해. 내가 말했다.

안 돼. 그들은 합창을 하며 내 잔에 술을 채웠다.

아니, 갈 테야. 내가 말했다.

나는 다층식 주차장에서 두 사람을 따돌렸다. 내가 갑자기 어떤 차 뒤로 들어가 숨자 그들은 나를 찾아 돌아다녔지만, 나는 가만히 앉아서 그들의 다리가 시야에서 사라질 때까지 기다렸다. 잠시 후, 그들이 계단을 올라가는 소리가 들리는가 싶더니, 마침내 두 사람이 탄 차가 출구의 표 넣는 기계 앞에 멈춰섰고, 누구인지는 모르지만 운전석에 앉은 사람이 표를 찾아서 기계에 넣느라 잠시 지체한 후, 들어올려진 차단기 밑으로 차가 빠져나가는 게 보였다.

나는 집에 가는 길에 길가의 나무 밑에다 저녁 먹은 것을 게워냈다. 다 토하고 나서 위를 올려다보니 나무에 온통 흰 꽃이 피어 있었다.

(사춘기적 퇴행)

(나는 열네 살이었어. 드니즈 매컬과 함께 지리 교실에 있었지. 쉬는 시간이었는데도 우리는 교실에 남아 있었어. 드니즈가 아프다고 했거나 아니면 내가 아프다고 했거나 둘 중 하나였을 거야. 그런 식으로 쉬는 시간에 교실에 남아 있을 때가 더러 있었으니까. 비가 오거나 추울 때면 종종 써먹는 수법이었지.

교탁 위에 숙제장들이 쌓여 있었어. 드니즈가 공책

더미를 뒤적이며 그 위에 적힌 학생들의 이름을 소리 내어 읽었지. 우리는 이름을 하나씩 부를 때마다 만세를 부르거나 '우' 하고 야유를 퍼부었어. 집에서 앤시아와 가요 순위를 매기는 텔레비전 프로그램을 보면서 그랬던 것처럼.

드니즈가 로빈 굿맨의 숙제장을 찾아냈어.

어떤 이유에서인지 드니즈 매컬은 불리 출신의 로빈 굿맨을 정말 싫어했어. 로빈의 이마 위로 올라가 붙은 짧은 고수머리하며 그 까맣고 굵은 머리카락과 가무잡잡한 피부, 클라리넷을 연주할 때마다 음악 선생님이 칭찬하던 기다란 손, 그리고 그녀의 진지하고 학구적이며 대단히 영리해 보이는 얼굴을 무척이나 싫어했지. 나도 로빈을 싫어했어. 그녀에 대해 잘 알지도 못하면서. 로빈과는 두세 과목을 같이 들었어. 클라리넷을 연주한다는 것 말고는 그게 내가 로빈에 대해 아는 전부였지. 그렇지만 그 당시 나는 그녀를 싫어하면서 행복해했어. 그것이 내가 드니즈의 친구임을 증명해주는 것 같아서. 비록 내가 드니즈를 아주 좋아했다거나 내가 없을 때 드니즈가 숙제장 위의 내 이름을 보고 야유하지 않을 거라는 확신이 있었던 건 아니었지만.

드니즈와 나는 내 필통에서 꺼낸 검은색 펜텔 샤프펜슬로 로빈 굿맨의 숙제장 겉표지에 L자와 E자와 Z자를 썼어. 아니, 보다 정확히 말하면 내가 글자를 쓰고 드니즈가 그 글자들을 가리키는 화살표를 그렸지.

그러고는 그 공책을 다른 공책들 사이에 끼워두었어.

지리 수업이 시작되자 노처녀 선생님인 미스 혼이 숙제장을 돌려주었고, 우리는 로빈 굿맨의 반응을 주시했어. 나는 로빈의 자리에서 두어 줄 뒤에 앉아 있었는데, 그녀의 어깨가 딱딱하게 굳었다가 축 처지는 게 보였어.

수업이 끝나고 그녀의 옆을 지나치면서 책상 위에 놓여 있는 숙제장을 보니 드니즈가 그린 화살표는 나무 둥치로 바뀌어 있었고, L자와 E자, Z자 주변에는 온통 꽃이, 수백 송이의 작은 꽃들이 그려져 있었어. 그 글자들은 마치 온통 꽃으로 뒤덮인 나뭇가지처럼 보였지.)

십 년이 지난 지금, 그때의 그 로빈 굿맨이, 검은색 긴 머리와 가무잡잡한 피부에 진지하고 학구적인 표정의 그 로빈 굿맨이……

(오, 하느님, 맙소사.)

……내가 집에 돌아왔을 때 바로 여기, 우리 집에 와 있었다. 그녀는 소파에 앉아 차를 마시며 책을 읽고 있었다. 책의 제목조차 알아볼 수 없을 만큼 취해 있었던 나는 현관에 서서 문틀을 붙잡고 간신히 몸을 가누었다.

안녕? 그녀가 말했다.

(오, 하느님, 맙소사. 내 동생도……)

내 동생과 무얼 하고 있었지? 내가 말했다.

네 동생은 욕실에 있어. 그녀가 말했다.

나는 앉아서 머리를 뒤로 기댔다. 속이 울렁거렸다.

(나는 그녀와 같은 방에 앉아 있다……)

로빈 굿맨이 거실에서 나가 무언가를 가지고 와서는 내 손에 쥐여주었다. 물잔이었다. 찬장에 있는 내 물잔 가운데 하나였다.

마셔. 그녀가 말했다. 다 마시면 한 잔 더 떠다줄게.

너는 학교 다닐 때와 많이 달라지지 않았구나. 내가 말했다. 예전과 똑같아.

너도 그래. 그녀가 말했다. 그렇지만 고맙게도 달라진 면도 있지. 이를테면 우리는 더이상 어린 여학생이 아니야.

네가 머리를, 기른 것만, 빼고. 내가 말했다.

글쎄, 십 년이 지났으니까. 그녀가 말했다.

나는 대학에 다니느라 집을 떠나 있었어. 내가 말했다. 너는?

대학을 말하는 거라면, 그래, 나도 그랬어. 그녀가 말했다.

그리고 돌아왔구나. 내가 말했다.

네가 돌아왔듯이. 그녀가 말했다.

지금도 클라리넷 연주해? 내가 말했다.

아니. 그녀가 말했다.

침묵이 흘렀다. 나는 아래를 내려다보았다. 손에 물잔이 쥐여 있었다.

마셔. 그녀가 말했다.

나는 물을 마셨다. 물의 투명한 맛이 기가 막혔다.

이제 좀 나아질 거야. 그녀가 말했다.

그녀는 빈 잔을 들고 주방 쪽으로 갔다. 내 옷차림을 살펴보니 놀랍게도 직장에서 돌아와 갈아입은 운동복을 여태 입고 있었다. 내가 어디서 오는 길인지 분명치가 않았다. 오늘 저녁에 있었던 모든 일들이 내 상상 속에서 일어난 일들이 아닐까 하는 생각이 들기 시작했다. 술집과 인도 음식점과 그 밖의 모든 것들이 내 상상의 산물이 아닐까 하는 생각이.

방금 네가 다녀온 곳은 내 주방이야. 나는 거실로 돌아온 로빈에게 말했다.

알아. 그녀는 이렇게 말하고 내 거실에 앉았다.

여기는 내 거실이고. 내가 말했다.

그래. 그녀가 말했다.

(나는 그녀와 같은 방에 앉아 있다……)

그녀는 외양이나 옷차림에 별로 신경을 쓰지 않는 부류의 사람이다. 적어도 정상적인 옷을 입고 있긴 했다. 적어도 사람을 당황스럽게 하는 그 킬트를 입고 있진 않았다.

오늘 밤에는 킬트를 안 입었네? 내가 말했다.

특별한 때에만 입어. 그녀가 말했다.

알겠지만 우리 회사에서는 너를 고소하려고 준비 중이야.

그들은 소를 취하하게 될 거야.

그녀는 읽고 있던 책에서 고개도 들지 않고 말했다. 나는 물을 엎지르는 바람에 손에 물이 묻어서 아래를 내려다보아야 했다. 나는 물잔을 들고 그 안을 들여다보았다. 약간 남아 있는 물을 통해 거실을 바라보았고,

다시 물이 없는 부분을 통해 같은 거실을 바라보았다. 그러고는 남은 물을 마저 들이켰다.

오 칼레도니아. 내가 말했다.

한 잔 더 가져다줄까? 그녀가 말했다.

(나는 그녀와 같은 방에 앉아 있다……)

얼래스 앤 얼랙.* 내가 말했다.

이 말장난이 나를 웃게 만들었다. 이렇게 위트가 있다니 나답지 않다. 정말 위트가 넘치는 사람은 내 동생이다. 나는 위트가 있다기보다는 사물에 대한 올바른 명칭을 아는 사람이다.

나는 몸을 앞으로 기울였다.

그게 뭔지 말해줘. 내가 말했다.

물이야. 로빈이 말했다.

아니, 그것 말고. 내가 말했다. 내 말은, 너 같은 사람을 가리켜 뭐라고 하는지 말이야. 나는 알아야겠어. 올바른 명칭을 알아야겠다구.

그녀는 오랫동안 나를 바라보았다. 나의 취한 겉모습을 지나 속까지 꿰뚫어 보는 듯한 느낌이었다. 이윽고

* A lass and a lack. '결핍 상태의 젊은 여자로서'라는 뜻으로 한 말이나 '가엾고 불쌍하구나'라는 뜻의 'Alas and alack'과 발음이 같다.

그녀가 대답했는데, 마치 온몸으로 말하는 듯했다.

나에 대한 올바른 명칭은, 하고 로빈 굿맨이 말했다.
바로 나야.

우리

내가 우리가 된 까닭에 모든 것이 한데 모였다. 모든 것이 가능해졌다.

우리가 되기 이전에는 내 몸속의 모든 혈관이 빛을 운반할 수 있다는 사실을 미처 몰랐다. 기차에서 바라본 강이 하늘의 수로를 풍경 속으로 깊이 들어가 박히게 하듯 내 몸속의 모든 혈관은 빛을 실어 나른다. 내가 나 이상의 훨씬 더 대단한 무언가가 될 수 있음을 예전엔 정말 몰랐다. 다른 사람의 몸이 내 몸을 이렇게 만들 수 있다는 사실을 전에는 미처 몰랐다. 이제 나는 꽃에 관한 그 시*에서처럼 걸어다니는 퓨즈가 되었다. 그리고 그 힘, 녹색 퓨즈를 통해 뿜어져 나오는 그 힘이, 나무의 뿌리를 송두리째 들어내는 그 힘이 내 안의 뿌리를 파괴하여, 나는 어느 날 원뿌리가 물을 만나기 전까지는 자신이 사막 인근에 살고 있다는 사실조차 모르고 있던 그런 식물과도 같았다. 이제 나는 완전히 새로운 형체를 지니게 되었다. 머리를 높이 치켜들 수 있게 해주는 그런 형체를. 나, 앤시아 건이 태양을 향해 머리를 들었다.

네 이름은, 하고 로빈이 말했다. 꽃을 의미해. 알고 있었어? 우리가 처음으로 서로를 안은 밤이었다.

그럴 리가. 내가 말했다. 건은 전쟁을 의미하는걸. **평화가 아니면 전쟁을**이 우리 집안의 모토야. 밋지와 나는 어렸을 때 학교에서 집안에 대해 조사해오는 숙제를 했지.

아니, 성 말고 이름 말이야. 그녀가 말했다.

앤시아라는 이름은 텔레비전에 나오는 어떤 소녀의 이름에서 따온 거야. 내가 말했다.

그것은 꽃을 의미해. 꽃봉오리가 맺히거나 꽃이 활짝 피어나는 것을 의미해. 그녀가 말했다. 내가 사전에서 찾아보았어.

---

* 딜런 토머스의 〈녹색 줄기를 통해 꽃을 피우는 힘은 *The Force that through the Green Fuse Drives the Flower*〉.

그녀는 침대 위에 누운 채 내 등 뒤에서 말하는 중이었다.

너는, 하고 그녀가 말했다. 걸어 다니는 평화 시위대인 거지. 너는 총구에 꽂힌 꽃이야.

그럼 너는? 내가 물었다. 나도 네 이름이 무슨 뜻인지 찾아보려 한 적이 있어. 우리가 만나기도 전에. 그 특이한 이름은 무엇을 뜻하지?

어떤 특이한 이름? 그녀가 말했다.

사전에도 안 나와 있었어. 내가 말했다. 구글에서 검색도 해보았는데, 아무 뜻도 없었어.

모든 것에는 의미가 있어. 그녀가 말했다.

이피솔(Iphisol). 내가 말했다.

이 피 솔(Iff is sol)*? 그녀가 말했다. 이피졸(Iffisol)? 모르겠네. 에어로졸이나 아누졸**처럼 들려.

그녀는 나를 느슨하게 안고 있었다. 그녀가 양팔을 내 몸에 두르고 한쪽 다리를 내 다리 위에 올려놓아 나는 따스한 기운과 함께 어깨에서부터 종아리에 이르기

---

* sol은 태양을 뜻하고, iff는 'if and only if'를 뜻하는 수학 기호로 읽을 수 있다.
** 치질 치료약.

까지 그녀의 매끄러운 피부를 느낄 수 있었다. 그때 침대가 흔들렸다. 그녀가 웃었기 때문이다.

이피졸(Iffisol)이 아니라 아이 피즈 올(Eye fizz ol)이야. 그녀가 말했다. 이피스(Iphis)는 아이 피즈(eye fizz)라고 읽어야 해. 그리고 올(ol)은 07이고. 이피스(Iphis)라는 이름에 2007년을 나타내는 07을 붙인 거지.

아, 이피스 오 세븐. 내가 말했다.

이제 나도 웃고 있었다. 나는 그녀의 팔 안에서 몸을 돌려 머리를 그녀의 웃고 있는 쇄골에 가져다 댔다.

더블 오 세븐처럼 말이지. 〈카지노 로얄〉에서 대니얼 크레이그는 조개껍데기 위의 그 여신처럼 물 위로 솟아올랐지. 내가 말했다. 놀랍고도 신비해라.

그런 장면을 찍기는 우르술라 안드레스*가 최초였어. 그녀가 말했다. 내 말은, 베누스 여신 다음으로 말이야. 사실 대니얼 크레이그와 우르술라 안드레스를 비교해보면 놀라울 정도로 닮았다는 것을 알 수 있지. 아니야, 작년에는 이피스06이었어. 재작년에는 이피스05였고. 사람들이 어떻게 생각했을지는 신만이 아시지. 이피소

---

* 스위스 출신 여배우로 제1호 본드걸.

그(Iffisog)와 이피소스(Iffisos)로 생각했을지도.*

참으로 흥미로웠다. 로빈에 대해 아무것도 모르다가 점차 알아가게 된다는 것은. 나는 회색 지대라는 말이 잘못된 명칭임을 알았다. 회색 지대란 실은 처음 보는 색깔들로 이루어진 완전히 새로운 빛의 스펙트럼이다. 로빈은 소녀처럼 큰소리를 쳤고 소년처럼 얼굴을 붉혔으며, 소녀처럼 씩씩하고 소년처럼 상냥했다. 그녀는 소녀처럼 우람하고 소년처럼 우아했다. 소녀처럼 용감하고 잘생기고 거칠었으며, 소년처럼 예쁘장하고 섬세했다. 그녀는 소년의 머리를 소녀처럼 젖혔으며, 소녀의 머리를 소년처럼 젖혔다. 소년처럼 사랑했고, 소녀처럼 사랑했다. 너무나 소년 같아서 소녀다웠고, 너무나 소녀다워서 소년 같았다. 그녀는 나로 하여금 온 세상을 돌아다니며 나무란 나무에 모두 우리 이름을 써넣고 싶게 만들었다. 로빈처럼 괜찮은 사람은 본 적이 없었다. 때로 나는 이 사실에 압도되어 아무 말도 할 수가 없었고, 그녀를 바라보다가도 눈길을 돌려야 했던 적도 더러 있었다. 이미 그녀는 내게 그 누구와도 비교할 수 없

* 아라비아 숫자 06과 05가 각각 알파벳 og와 os와 형태가 비슷해서 Iffis06을 Iffisog로, Iffis05를 Iffisos로 읽었을 것이란 뜻이다.

는 존재가 되어 있었다. 벌써 나는 그녀가 나를 떠나지나 않을까 두려워졌다. 나는 갑작스런 헤어짐에 익숙했고, 과거의 스펙트럼에 속한 갑작스런 변화에 익숙했다.

할아버지는 늘 '놀랍고도 신비해라'라고 말하곤 했지, 하고 나는 그녀에게 말했다. 그분들은 돌아가셨어. 우리 할머니, 할아버지 말이야. 바다에 빠지셨지. 이 집은 원래 할아버지와 할머니의 집이었어.

그분들에 대해 얘기해봐. 그녀가 말했다.

네 이야기부터 해봐. 내가 말했다. 어서. 네가 살아온 이야기를 들려줘.

그럴게. 그녀가 말했다. 먼저 네 이야기부터 듣고.

내 삶을 이야기로 만든다면, 하고 내가 말했다. 아마 이렇게 시작할 거야. 엄마는 집을 나가면서 내게 나침반 하나를 주고 갔다. 그러나 내가 먼 바다에서 길을 잃어 사용하려고 꺼냈을 때 그것은 고장이 나 있었다. 그래서 아빠가 떠나기 전에 주고 간 나침반을 꺼냈지만 그것 역시 깨져 있었다.

그래서 너는 깊은 바다에서 사방을 둘러보았겠구나. 로빈이 말했다. 그리고 맑게 갠 밤하늘과 별들에 의지하여 어느 쪽이 북쪽이고 어느 쪽이 남쪽인지, 어느 쪽이 동쪽이고 어느 쪽이 서쪽인지를 가늠하려 했겠구나. 그렇지?

그래, 내가 말했다.

그러고는 다시 말했다. 그랬어.

이제 내 이야기를 들려줄까? 그녀가 말했다.

응, 내가 말했다.

그것은 어느 날 내가 예술 행위를 통한 시위를 끝내고 사다리에서 내려와, 태어나서 그렇게 아름다운 사람은 본 적이 없을 정도로 기막히게 아름다운 사람과 맞닥뜨렸을 때로부터 시작하지. 그 순간부터 나는 고향에 온 듯 편안했어. 그 전까지는 늘 세상의 흐름에 역행하는 듯했으니까. 우리, 즉 나와 그 사람은 결혼해서 오래도록 행복하게 살았단다. 사실 이건 불가능한 결말이지, 이야기에서나 실생활에서나. 하지만 우리는 그렇게 살아야 해. 내가 하고 싶은 말은 그거야. 암, 그렇고 말고. 그게 다야.

무슨 이야기가 그래? 내가 말했다.

아주 이상한 이야기지. 그녀가 말했다.

이야기치곤 조금 가벼운 것 같아. 내가 말했다.

원한다면 심각한 이야기를 들려줄 수도 있어. 심각한

이야기를 원해? 아니면 더 가벼운 이야기를 들려줄까? 네가 정해.

그러고 나서 그녀는 나를 꽉 껴안았다.

놀랍게도 사랑하라. 그녀가 말했다.

너는 정말 교묘해. 내가 말했다.

너도 만만치 않아. 그녀가 말했다.

우리는 잠에서 깨어났다. 빛이 비쳐 들고 있었다. 새벽 두시 반이었다. 우리는 일어나서 창문을 열고 함께 창턱에 기대서서 세상이 깨어나는 광경을 지켜보았다. 목청껏 노래하는 새 소리가 아직 일상의 소음에 파묻히기 전에 그녀는 내게 이피스의 이야기를 들려주었다.

옛날에 크레타 섬의 한 여인이 임신을 했는데 해산일이 다가오자 그녀의 남편—좋은 사람이었어—이 그녀에게 와서 말했어. 사내아이면 키우겠지만 계집아이면 키울 수 없을 것이오. 계집아이까지 키울 형편은 못 되니, 그 아이는 죽음을 면하기 힘들 거요. 마음이 아프지만 어쩔 수 없구려. 그래서 그 여인은 신전으로 가서 이시스 여신에게 기도했어. 그러자 기적처럼 여신이 그녀

앞에 나타났지. 네가 내게 진실되이 행하였으니 나 역시 네게 그러하리라, 하고 여신은 말했어. 아기를 낳으면 사내아이든 계집아이든 괘념치 말고 키우거라. 내가 돌봐줄 터이니. 그리하여 아기를 낳았는데, 계집아이였어. 아이 어머니는 그 아기에게 사내아이와 계집아이 모두에게 두루 쓰이는 이피스라는 이름을 지어주고 사내아이로 키웠어. 이피스는 학교에 들어갔고, 명문가의 딸인 아름다운 이안테와 같이 공부했어. 이피스와 이안테는 서로의 눈을 들여다보며 자랐지. 둘은 사랑에 빠졌고, 약혼을 하게 되었어. 결혼식 날이 다가오자 온 크레타가 결혼식 준비로 부산했지. 이피스는 여자인 자신이 어떻게 사랑하는 신부를 기쁘게 해줄 수 있을 것이며, 또한 어떻게 자신이 원하는 방식으로 신부에게서 기쁨을 맛볼 수 있을 것인지 걱정이 되었어. 그녀는 자신의 불행한 처지를 제신들에게 하소연했지. 결혼식 전날 밤, 이피스의 어머니는 다시 신전을 찾아 이시스 여신에게 도움을 청했어. 그녀가 기도를 마치고 빈 신전을 나서는데 벽이 흔들리고 문이 진동하더니, 이피스의 턱이 늘어나고 다리가 길어지고 가슴통이 넓어지고 가슴이 평평해졌어. 다음 날 결혼식 날이 청명하게 밝아오고, 온 크레타가 기뻐하는 가운데, 소년 이피스가 이 안테를 아내로 맞이하였지.

　하지만 사실은 이렇게 이야기하는 편이 더 정확할 거야.

　옛날 옛적에 크레타 섬에, 하고 로빈이 내 귀에다 대고 속삭였다.

　나, 거기 가본 적 있어! 가족과 함께! 내가 말했다. 어릴 때 거기서 휴가를 보낸 적이 있어. 비록 많은 시간을 헤라클리온의 병원에서 보내긴 했지만 말이야. 아빠가 오토바이 대여점 여주인의 환심을 사려고 오토바이를 빌리러 가서 한번 타본다는 것이 그만 넘어져 한쪽 몸의 살갗이 다 까지고 말았거든.

　옛날에, 하고 로빈이 말했다. 오토바이 대여점이 생기기 훨씬 전, 자동차가 생기기 훨씬 전, 자전거가 생기기 훨씬 전, 네가 이 세상에 태어나기 훨씬 전, 내가 태어나기 훨씬 전, 아마도 잃어버린 도시 아틀란티스의 신화를 만들어내는 데 한몫했을 거대한 쓰나미가 몰려와 크레타 섬 북부를 평평하게 하고 고대 크레타문명의 도시들 대부분을 침수시키기도 더 전에……

그거 흥미로운걸. 내가 말했다.

그래. 그녀가 말했다. 크레타 섬의 일부 지역에는 평지에서 오십 피트쯤 올라간 곳에 부석(浮石)과 소뼈, 바다 생물들의 뼈가 마구 뒤섞여 발견되고 있는데, 그렇게 높은 곳에서 바다 생물들의 뼈가 발견된 사실은 쓰나미 이외에 달리 설명할 방도가 없지.

아니, 내 말은, 신화를 만들어내는 데 한몫했다는 대목 말이야. 내가 말했다.

오. 그녀가 말했다. 글쎄……

내 말은, 신화가 전적으로 공동체의 필요와 상상력에 의해 생겨나느냐 하는 거야. 내가 말했다. 마치 사회의 집단 무의식에서 출현하는 것처럼 말이지. 아니면 다양한 이익집단에 의해 용의주도하게 만들어진 것일까? 예를 들어 광고는 새로운 종류의 신화를 만들어내는 작업일까? 기업체는 소비자에게 그럴듯한 신화를 들려줌으로써 자사의 생수나 그 밖의 제품들을 사게끔 설득하는 것일까? 그래서 사람들은 거저 주어지는 어떤 것들을 굳이 값을 지불하고 사는 것일까? 저들은 곧 새로운 신화를 생각해내어 공기까지 팔려고 들지 않을까? 그리고 사람들은, 예컨대 마른 사람이 더 아름답다는, 요즘 사회에 만연해 있는 신화 때문에 더 날씬해지고 싶어하는 것일까?

앤시아. 로빈이 말했다. 이 소년/소녀의 이야기를 듣고 싶은 거야, 아니야?

듣고 싶어. 내가 말했다.

좋아, 옛날에 크레타 섬에, 하고 그녀가 말했다. 시작해도 되겠어?

음. 내가 말했다.

확실해? 그녀가 말했다.

그래. 내가 말했다.

한 여인이 임신을 했는데, 그녀의 남편이 와서 말하기를……

어느 쪽이 이피스인데? 내가 말했다.

둘 다 아니야. 남편이 와서 말하기를……

그들의 이름이 뭐였더라? 내가 말했다.

기억 안 나. 어쨌든 남편이 부인에게 와서……

임신한 부인 말이지. 내가 말했다.

음. 이렇게 말했어. 내 말 좀 들어보구려. 내게는 두 가지 소원이 있는데, 하나는 당신이 진통으로 고생하지 않고 아기를 낳는 것이오.

그러자 그의 아내가 흠, 좋아요, 하고 말했을 것 같지?

하하! 내가 웃었다.

천만에, 그의 아내는 그러지 않았어. 로빈이 말했어. 그건 너무 현대적인 사고방식이고, 그의 아내는 그 시대에 걸맞게 반응했어. 남성 위주의 사회에서 남편이 그런 생각을 해주는 것만으로도 고마워했지. 그러고는 다른 한 가지는 뭐냐고 물었어. 그러자 남편—좋은 사람이었어—은 매우 슬픈 표정을 지었어. 부인은 즉시 의심스럽게 여겼지. 남편이 말했어. 내가 무슨 말을 할지는 당신도 알 거요. 태어날 아기가 사내아이라면 좋겠구려. 그러면 물론 우리가 키울 수 있소. 내가 간절히 바라는 것은 이것이오.

흠, 하고 부인이 말했어. 그리고요?

그리고 만약 계집아이가 태어나면 우리는 그 아이를 키울 수 없소. 계집아이라면 죽음을 면하기 힘들 거요. 계집아이는 짐이 될 뿐이니까. 당신도 알잖소, 우리가 계집아이까지 키울 형편은 안 된다는 것을. 그건 당신도 잘 알 거요. 계집아이는 아무런 도움이 안 되니까. 그러니 어쩌겠소. 이런 말을 하게 되어 정말 유감이오.

이런 일이 없기를 바라고. 나도 그러고 싶진 않지만, 그것이 세상 이치라오.

세상 이치라. 내가 말했다. 정말 대단하군. 요즘 시대에 태어나서 천만다행이야.

그렇지만 지금도 전 세계 곳곳에서 그런 일들이 벌어지고 있어. 로빈이 말했다. 여아라는 이유로 낙태를 시키는 것이 법으로 금지된 나라에서는 병원 증명서 하단에 여아는 붉은 잉크로, 남아는 푸른 잉크로 기록하여 그 부모로 하여금 누구를 지우고 누구를 지우지 않을 것인지 알 수 있게 해주고 있으니까. 어쨌든 그래서 그 여인은 자신만의 소원을 빌러 갔어. 신전 바닥에 꿇어앉아 기도를 드릴 때 그녀 앞에 이시스 여신이 나타났어.

루르드에 발현한 성모마리아처럼 말이지. 내가 말했다.

루르드의 성모 발현보다는 문화적으로나 역사적으로 훨씬 더 오래전의 일이지. 로빈이 말했다. 그리고 비록 크노소스에는 여아를 죽이는 등의 일로 틀림없이 어떤 불길한 기운이 감돌고 있었겠지만, 그 여인은 병자가 아니었고 말이야. 이시스 여신은 자신의 가족과 친구들을 대동하고 나타났어. 그중에는 자칼의 머리를 한 신도 있었지. 그 신의 이름이 뭐였더라? 젠장. 자칼의 귀에 기다란 코를 한, 지하 세계를 지키는 신이었는데……

모르겠어. 그게 중요해? 내가 물었다.

아니야. 그래서 이시스 여신은 늘 신실한 그 여인에게 고마움을 표한 후 아무 걱정 말고 평상시와 같이 아이를 낳아 기르라고 말했어.

평상시와 같이? 내가 말했다. 여신이 '평상시와 같이'라는 표현을 썼단 말이야?

신들은 마음만 먹으면 현실적이 되거든. 로빈이 말했다. 그런 뒤에 이시스 여신과 그 친구들인 다른 신들은 모두 사라졌어. 마치 처음부터 그 자리에 없었던 것처럼. 여인의 상상이 빚어낸 허깨비인 것처럼. 그러나 여인은 매우 행복했어. 그녀는 바깥으로 나와 밤하늘의 별들을 향해 두 팔을 벌렸어. 이윽고 때가 되어 아기가 태어났지.

평생 자궁 속에 있을 수만은 없는 노릇이니까. 내가 말했다.

여자아이였어. 로빈이 말했다.

그랬겠지. 내가 말했다.

그래서 그 여인은 아기 이름을 이피스라고 지었지.

아기의 할아버지 이름을 따서……

맘에 들어. 내가 말했다.

……우연히도 남자아이와 여자아이 모두에게 두루 쓰이는 이름이었어. 여인은 이를 좋은 징조로 여겼지.

그것도 맘에 들어. 내가 말했다.

여인은 아기를 사내아이라고 속여서 길렀어. 로빈이 말했다. 다행히 이피스는 사내아이로도 꽤 괜찮은 용모였어. 여자아이로도 아주 매력적인 편이었지만 말이야. 확실히 그 아이는 크레타 명문가의 딸인 금발의 아름다운 이안테에 조금도 뒤지지 않는 외모였어.

아하, 이야기가 어떻게 전개될지 알 것 같아. 내가 말했다.

이피스와 이안테는 동갑이었기 때문에 같이 학교에 들어가고, 같이 읽기를 배웠지. 같이 세상을 알아가고 같이 자랐어. 그리고 나이가 들어 결혼할 때가 되자 두 사람의 아버지는 둘을 결혼시키기로 하고 예물로 가축을 교환했지. 온 마을이 결혼식 준비로 부산했어. 하지만 그게 다가 아니야. 중요한 건 이피스와 이안테가 실제로, 그리고 진심으로 서로를 사랑했다는 거지.

그들이 사랑으로 가슴앓이를 했어? 내가 물었다. 늘

붕 떠 있는 듯한 느낌이었어? 햇빛에 말갛게 씻긴 기분이었어? 무엇을 해야 좋을지 몰라했어?

그래. 로빈이 말했다. 그 이상이었어.

그 이상이었다고? 내가 말했다. 놀랍군!

이를테면 그렇다는 얘기야. 로빈이 말했다. 결혼식 날짜가 잡혔고, 온 마을 사람들이 참석할 예정이었어. 마을 사람들뿐만 아니라 크레타 섬의 모든 훌륭한 집안과, 멀리 떨어져 있는 다른 섬들, 그리고 그리스 본토에서도 하객이 오기로 되어 있었지. 신들도 초대되었고, 실제로 많은 신들이 결혼식에 참석하겠다고 알려왔어. 하지만 이피스는 몹시 착잡했어. 왜냐하면 그녀는 상상할 수 없었으니까.

무얼 말이야? 내가 말했다.

그것을 어떻게 해야 할지 상상할 수 없었던 거지. 로빈이 말했다.

무슨 뜻이야? 내가 말했다.

그녀는 염소와 소 몇 마리밖에는 아무도 들을 수 없을 만큼 마을에서 멀리 떨어진 들판에 서서 하늘을 향해 외쳤어. 허공을 향해, 이시스 여신을 향해, 그 밖의 제신들을 향해 외쳤어. 무정한 신들이여, 정말 너무들

하시는군요. 지금 내게 무슨 일이 벌어지고 있는지 좀 보세요. 예컨대 저기 저 암소의 짝으로 수소 대신 암소가 주어진다면, 그게 무슨 의미가 있겠습니까? 나는 내 여자에게 남자가 되어줄 수 없습니다! 어떻게 해야 할지 모르겠어요! 차라리 태어나지 않았더라면! 나를 왜 이렇게 만드셨나요? 이럴 바에야 태어나는 순간 죽임을 당하는 편이 나았을 것을! 그 무엇으로도 나를 도울 수 없을 거예요!

그렇지만 어쩌면 이피스의 여자는, 이름이 뭐였더라, 맞아 이안테였지, 이안테는 여자를 원했을지도 몰라. 분명 이피스는 이안테가 사랑했을 법한 소년/소녀 혹은 소녀/소년이었으니까.

글쎄, 그랬을지도 모르지. 로빈이 말했다. 하지만 이야기의 원본에는 그런 말이 없었어. 원본에는 이피스가 거기 서서 신들에게 외쳤다고만 되어 있어. 그녀는 이렇게 외쳤어. 세상에서 가장 위대한 발명가인 다이달로스, 인간이면서도 새처럼 바다 위를 날았던 그 다이달로스조차도 이안테와 나의 이 문제를 해결할 방법을 발명해내지는 못할 겁니다. 이시스 여신이시여, 당신은 친절하게도 내 어머니에게 모든 일이 순조로울 거라고 말씀해주셨습니다. 하지만 지금은 어떻습니까? 나는 결혼을 앞두고 있습니다. 내일이면 결혼식인데 당신 때문에 온 마을의 웃음거리가 되게 생겼습니다. 가정의 여신 유노와 혼인의 신 히메나이오스도 참석하기로 돼 있는데 말입니다. 우리는 신들에게도 웃음거리가 될 것입니다. 상황이 이럴진대 내가 어떻게 신들 앞에서, 내 아버지 앞에서, 그리고 모든 사람들 앞에서 결혼을 할 수 있겠습니까? 그뿐만이 아닙니다. 그게 다가 아니에요. 나는 결코 내 여자를 기쁘게 해줄 수 없을 겁니다. 그녀는 내 것이 되겠지만 결코 진정으로 내 것이지는 못할 겁니다. 나는 시내 한가운데 서서 갈증으로 죽어가는 느낌일 것입니다. 손에 물이 그득한데도 마실 수가 없는 것이지요!

왜 마실 수가 없는데? 내가 말했다.

로빈이 어깨를 으쓱했다.

그건 그녀가 이야기의 이 대목에서 생각해낸 것일 뿐이야. 로빈이 말했다. 그녀는 어렸으니까. 또 두려웠고. 아직은 잘 몰랐던 거야. 겨우 열두 살 무렵이었으니까. 그 당시에는 열두 살이면 결혼할 나이였지. 나도 열두 살 때 내가 다른 소녀와 결혼하고 싶어한다는 것을 알고 깜짝 놀란 적이 있어. (누구랑 결혼하고 싶었는데? 하고 묻자 로빈이 말했다. 킨밀리즈에 사는 재니스 매클린이었어. 대단한 글래머였지. 조랑말을 한 마리 가지고 있었고.) 겨우 열두어 살인 데다 두려움에 사로잡힌 경우에는 무언가가 잘못되었다거나 본인에게 무슨 문제가 있다고 믿기가 쉬워. 사람들이 모두 그런 식으로 말하면 정말 그런가보다고 믿게 되지. 그리고 이피스 이야기를 쓴 저자가 남성이라는 점도 잊어서는 안 될 거야. 그렇기는 해도 오비디우스는 대부분의 작가들보다는 훨씬 더 사고가 유연한 편이었지. 그는 상상력에 있어서는 남녀 차이가 없다는 사실을 알고 있었어. 정말 탁월한 사람이었지. 그는 모든 종류의 사랑을 존중했고, 모든 종류의 이야기를 높이 평가했어. 그러나 이 이야기의 경우에는, 글쎄, 그도 어찌할 수 없는 로마인이었고, 여자들의 옷 속에는 남자들에게는 있는 그 무엇이 없다는 사실에 집착하지 않을 수 없었어. 그것 없이 여자들이 어떻게 하는지를 상상할 수 없었던 것도 저자 자신이었고.

나는 이불 안을 살짝 들여다보았다.

내게 무언가 부족하다는 느낌은 들지 않는데. 내가

말했다.

아, 나는 이피스가 마음에 들어. 로빈이 말했다. 정말 마음에 들어. 그녀를 좀 봐. 살아남기 위해 남장을 했어. 상황이 여의치 않자 벌판에 서서 신들에게 소리쳐 항의하기도 했고. 그녀는 사랑을 위해 뭐라도 했을 거야. 자신의 전부를 바꾸는 모험이라도 불사했을 거야.

그다음에는 어떻게 됐는데? 내가 말했다.

어떻게 되었을 것 같아? 로빈이 말했다.

글쎄, 그녀에겐 도움의 손길이 필요했겠지. 하지만 아버지는 별로 도움이 안 됐을 거야. 자신의 아들이 사실은 딸이라는 사실조차 모르고 있었으니까. 관찰력이 너무 없는 거지. 그리고 이안테는 이피스가 남자인 줄 알고 있는 데다 결혼을 앞두고 한껏 기대에 부풀어 있었을 테고. 또 이안테 역시 마을의 놀림거리가 되는 수모는 원치 않았을 거야. 게다가 이안테도 고작 열두 살이었어. 따라서 이안테에게 도움을 청할 수는 없는 노릇이었겠지. 어머니나 여신에게 도움을 청했을 거야.

잘 봤어. 로빈이 말했다. 이피스의 어머니가 여신을 찾아갔어.

밋지가 몹시 화가 나 있는 이유 중 하나가 그거야. 내가 말했다.

누가 어쨌다고? 로빈이 말했다.

이모겐 말이야. 엄마가 집을 나간 후 이모겐은 엄마가 하던 일을 모두 떠맡아야 했지. 어쩌면 그래서 그렇게 야위었는지도 몰라. 언니가 얼마나 말랐는지 알고 있었어?

응. 로빈이 말했다.

나는 아무것도 하지 않아도 되었어. 내가 말했다. 운이 좋았지. 나는 신화 없이 태어나 신화 없이 자랐어.

그렇지 않아. 신화와 더불어 자라나지 않은 사람은 아무도 없어. 로빈이 말했다. 중요한 것은 우리가 그 신화를 어떻게 하느냐 하는 거지.

나는 엄마 생각을 했다. 엄마는 사람들의 기대로부터 자유로워져야 했노라고, 그러지 않으면 죽을 것 같았다고 말했다. 아빠 생각도 났다. 엄마가 떠나고 나서 얼마 안 되어 아빠는 마당에서 빨래를 널고 있었지. 밋지 생각도 났다. 그때 밋지는 일곱 살이었는데, 마당으로 달려 내려가 아빠가 널고 있던 빨래를 대신 널었어. 이웃 사람들이 남자가 빨래를 넌다고 비웃었기 때문이지. 착하구나, 하고 아빠는 말했어.

계속해봐. 내가 말했다. 어서.

그래서 이피스의 어머니는 신전으로 가서 희박한 공기를 가르며 이렇게 말했어. 여신이시여, 당신은 제게 아무 일 없을 거라고 말씀하셨습니다. 그런데 이제 내일이면 거행될 이피스의 결혼식이 온 마을의 웃음거리가 되게 생겼으니 이 일을 어찌하면 좋습니까? 청컨대 부디 이 문제를 해결해주소서.

그녀가 텅 빈 신전을 떠나려 하는데 신전이 요동치기 시작하면서 문이 흔들렸지.

놀랍고도 신비해라. 내가 말했다.

그래. 이피스의 턱이 나오고, 다리가 길어지고, 모든 것이 길어졌어. 어머니가 집에 도착할 무렵 소녀 이피스는 그녀와 그녀의 연인이 바라던 모습대로의 소년이 되어 있었지. 양가에서 바라고, 마을의 모든 사람들이 바라고, 근사한 피로연을 기대하며 각지에서 찾아오는 하객들이 바라고, 결혼식에 참석하는 신들이 바라고, 사랑 이야기에 등장하는 기이하고 비정상적인 부분에 대해 배타적인 견해를 지닌 역사 속 특정한 시대가 바라고, 아버지나 남자 형제, 다양한 동물들 및 죽은 연인의 유령과 사랑에 빠지는 사람들의 불행한 이야기들을 써내려간 다음이라 9권 말미에서는 행복한 결말의 사랑 이야기를 소개하고 싶은 마음이 간절했을 『변신 이야기』의 저자 오비디우스가 바라 마지않았을 그런 소년이 되어 있었던 거야. 로빈이 말했다. 그렇게 해서 모든 일이 순조롭게 진행되었던 거지. 아무 문제 없이. 『변신 이야기』에는 인간을 강간한 뒤 그들을 소나 시냇물로 변형시켜 이를 발설하지 못하게 한다든가, 인간을 뒤쫓다가 결국 그들을 나무나 강물로 변하게 만든다든가, 교만하거나 재주가 빼어난 인간을 벌하여 산이나 벌레로 둔갑시키는 신들의 이야기가 무수히 등장하고, 해피엔딩으로 끝나는 이야기는 드물어. 그러나 이피스 이야기에서는 날이 밝아 온 세상이 깨어나자 결혼식이 거행되었지. 크레타의 모든 가정에서 온 크레타를 통틀어 가장 성대한 결혼식에 참석하려고 모두들 성장을 하고 모여들었고, 유노 여신과 히메나이오스 신까지 참석한 가운데 제단에서 소녀는 소년을 만났어.

소녀는, 하고 내가 말했다. 한 가지 이상의 다양한 방법으로 소년을 만나지.

옛날 옛적의 이야기야. 로빈이 말했다.

문제가 해결되어 다행이야. 내가 말했다.

근사한 이야기지. 로빈이 말했다.

근사한 오비디우스야. 내가 말했다.

아누비스! 로빈이 갑자기 소리쳤다. 자칼의 머리를 한 신 말이야. 이름이 아누비스였어.

온라인 게임에 나오는? 내가 말했다.

농담 말고. 로빈이 말했다. 이제 우리 뭐 할까?

침대로 돌아가자. 내가 말했다.

우리는 침대로 돌아갔다.

우리는 서로 팔이 얽혀 있어서 내 머리 옆에 놓인 손이 누구의 손인지 알 수 없었다. 나는 손을 움직여보았다. 내 머리 옆에 놓인 손은 움직이지 않았다. 내가 그 손을 보고 있음을 알아차린 로빈이 말했다.

그건 네 손이야. 내 팔에 달려 있기는 하지만 네 것이지. 팔도 마찬가지고. 어깨도. 또 거기에 연결되어 있는 다른 모든 것들도.

그녀의 손이 나를 열었다. 그러고는 새의 날개가 되었다. 그러자 내 몸 전체가 날개, 즉 한쪽 날개가 되었고, 그녀가 다른 쪽 날개가 되어서 우리는 한 마리 새가 되었다. 우리는 모차르트의 음악을 노래할 수 있는 새였다. 그것은 심오하면서도 경쾌한 음악이었다. 이윽고 그 음악은 생전 처음 들어보는 새로운 음악으로 바뀌었고, 그 음악이 너무나 새로워서 나는 마치 공중에 붕 떠 있는 듯한 느낌이었으며, 공기 중에 둥둥 떠다니는 나는 그녀가 연주하는 음악의 음표들에 지나지 않았다. 그녀가 내 눈에 아주 가까이에 대고 미소를 짓고 있어서, 그 미소 이외에는 아무것도 보이지 않았으며, 그러자 미소 속에 들어가보기는 처음이라는 생각이 들었다. 미소 속에 빠져든다는 것이 이토록 고전적인 동시에 현대적일 줄이야 누가 생각인들 했겠는가? 그녀의 아름다운 머리가 내 가슴께로 내려오는가 싶더니 그녀가 나를 한 번 깨물었고, 마치 여우 새끼가 그러듯 내 유두를 입에 물었으며, 점점 더 아래로 내려가서는, 아, 사람들이 그곳을 대지라 부르는 것도 무리가 아닌 것이, 그곳은 비옥했고, 좋다는 말이 의미하는 바를 알게 해줄 만큼 좋았고, 대지라는 말이 의미하는 바를 알게 해줄 만큼 토양이 풍부했으며, 만물의 지하 저장고였고, 사물을 깨끗이 씻어주는 그런 종류의 흙이었다. 그것은 그녀의 혀였던가? 불의 혀라는 말이 의미하는 바가 바로

그런 것이었던가? 나는 녹아내리고 있는가? 녹아내릴
것인가? 나는 금이었던가? 마그네슘이었던가? 나는 대
양(大洋)이었던가? 내 안의 장기는 바다의 일부이고,
나는 고유의 마음을 지닌 염수(鹽水)에 불과했던가? 나
는 샘이었던가? 바위를 뚫고 나오는 물줄기였던가? 나
는 단단한 돌멩이였다가 살과 근육이 되었고, 다시 뱀
이 되었다. 나는 세 번의 단순한 동작으로 돌을 뱀으로
변화시켰다. 톡 척 쉿. 나는 가지 마디마다 싹이 튼 나
무였고, 그리고 그 펠트 천 같은 촉감의 돌기가 뭐였더
라? 사슴뿔이었던가? 정말 우리에게서 사슴뿔이 자라
고 있는 걸까? 내 몸의 앞부분이 온통 털로 뒤덮였던
가? 우리의 피부가 서로 붙어 있었던가? 우리의 손이
검은색으로 빛나는 말발굽이었던가? 우리가 발길질을
해댔던가? 서로를 물어댔던가? 서로 머리가 얽힌 채 격
전을 벌이다 마침내 허물어져내렸던가? 나는 그녀였고
그였고 우리였고 소녀였고 소녀인 동시에 소년이었고
소년이었고, 우리는 칼날이었고, 신화를 끊어낼 수 있
는 칼이었고, 마법사가 던진 두 자루의 칼이었고, 신이
쏜 화살이었고, 우리는 심장을 쏘았고, 집을 쏘았고, 우
리는 물고기의 꼬리였고 고양이의 입김이었고 새의 부

리였고 중력을 거스르는 깃털이었고 모든 풍경 위로 높이 솟았고 그러고는 히스의 보랏빛 물결 속으로 깊이 가라앉았고 저물녘에 소나기를 맞으며 배회하였고 끝없이 이어지는 음악에 맞춰 스코틀랜드 고지대의 경쾌한 춤을 추었고 빙글빙글 돌았고 정말 이대로 계속할 수 있을까? 이렇게 빨리? 이렇게 높이? 이렇게 황홀하게? 다시 또 한 번? 전보다 더 높이? 휴! 산봉우리가 하늘을 찌르듯 그림의 한 조각이 다른 조각의 움푹 파인 곳으로 완벽하게 들어가 맞는 조각그림 맞추기. 그 그림이 엉겅퀴였던가? 나는 거친 풀들이 자라나는 한 뙈기의 풀밭에 지나지 않았던가? 그 믿을 수 없을 만큼 아름다운 색깔이 내게서 나오는 것이었던가? 한 무더기의 빛나는⋯⋯그 뭐였더라? 미나리아재비였던가? 그 은은한 향기가 내 머릿속으로 들어와 눈과 귀로 나가고, 입으로 나가고, 코로 나가고, 나는 볼 수 있는 냄새였고, 맛을 음미할 수 있는 눈이었고, 나는 미나리를 좋아한다. 나는 모든 것을 좋아한다. 모든 것을 턱밑까지 끌어안는다! 나는 모든 감각이 한곳에 모인 채로 열려 있었고, 그리고 손을 그렇게 날개처럼 사용할 줄 알았던 이는 천사였을까?

십 분 남짓의 공간에서 우리는 그 모든 것이었다. 휴. 우리는 새였고, 노래였고, 입속의 혀였고, 여우였고, 대지였고, 모든 원소였고, 광물이었고, 물이었고, 돌이었고, 뱀이었고, 나무였고, 엉겅퀴였고, 꽃이었고, 화살이었고, 여성인 동시에 남성이었고, 완전히 새로운 성이었고, 아무 성도 아니었고, 그리고 그 밖의 다른 많은 것들이었다.

나는 물을 떠 오려고 일어섰다. 희미한 새벽빛이 비쳐 드는 주방에 서서 물을 받는 동안 마을 뒤편의 언덕과 나무들, 정원의 관목들, 새들, 나뭇가지 위에 새로 난 잎사귀들, 울타리 위의 고양이, 울타리를 이루는 각각의 나무판자들을 바라보았다. 그리고 내가 본 모든 것이, 우리가 무심코 보아 넘겨온 모든 풍경이 어쩌면 미처 그런 일이 일어나는지조차 모르고 있던 황홀경, 즉 우리로 하여금 일상적인 일일 뿐이라고 착각하게 할 만큼 천천히 그리고 꾸준히 움직이는 사랑의 행위에서 비롯된 것인지도 모르겠다고 생각했다.

그러자, 주위에 온통 아름답고 다채로운 세상이 기다리고 있는데 대체 누가, 주차장의 흰색 페인트로 금 그어진 네모 칸만 한 공간에 서서 마치 바빌론의 공중 정원에 서 있기라도 한 것처럼 밖으로 나오기를 거부할 것인가 하는 생각이 들었다.

그들

(잉글랜드로 내려오니 정말 잉글랜드 분위기가 물씬 풍긴다.)

　오는 내내 일등석을 타고 왔다. 열차가 출발할 때 J호차에는 나 외에 다른 승객이 없었다. 나 혼자 열차 한 량을 통째로 사용하다니! 나는 잘해나가고 있다.

　(열차 안은 남쪽으로 내려갈수록 점점 더 잉글랜드풍으로 바뀌었다. 커피를 나르는 직원도 뉴캐슬에서 잉글랜드 사람으로 바뀌었고, 스피커를 통해 들려오는 차장의 목소리도 뉴캐슬에서 잉글랜드 억양으로 바뀌어서, 나는 자리에 그대로 앉아 있었는데도 불구하고 완전히 다른 열차로 갈아탄 느낌이었다. 열차에 올라 주

변의 다른 좌석에 앉는 사람들에게서도 잉글랜드 분위기가 묻어났고, 그래서 요크에 닿을 무렵엔 전혀 다른 세계에……)

윽. 오, 미안해요!

(잉글랜드 사람들은 부딪쳐도 사과조차 않는군.)

(게다가 사람들이 너무 많아. 너무 많아! 이곳엔 인파가 끝이 없네.)

(내가 휴대전화를 어디다 두었더라?)

메뉴. 전화번호부. 연락처 검색. 아빠. 통화.

(맙소사, 여기는 사람들이 너무 많은 데다 차 소리와 소음 때문에 잘 들리지가……)

신호음이 울리다가 자동 응답기로 넘어갔다.

(아빠는 전화기에 내 번호가 뜨면 받는 법이 없다.)

아빠, 저예요. 오늘은 목요일이고, 지금 시간은 네시 사십오분이에요. 이제는 기차의 일등칸이 아니라 레스터 광장에 있다고 말씀드리려고 또다시 음성을 남겨요. 여기는 정말 따사로워요. 조금 덥게 느껴질 정도예요. 아주 중요한 회의에 참석하게 되었는데, 그사이에 삼십분가량 시간이 남아서 안부 전화 드리는 거예요. 음, 그럼 회의 마치고 다시 전화 드릴게요. 그때까지 안녕히

계세요. 그만 끊을게요.

종료.

메뉴. 전화번호부. 연락처 검색. 폴. 통화.

자동 응답기로 연결되었다.

(젠장.)

아, 안녕, 폴. 나야, 이모겐. 오늘은 목요일이고 지금 시간은 네시 사십오분쯤 됐어. 미안하지만 비서실로 가서 뭘 좀 확인해줄 수 있을까? 그쪽으로 전화를 했는데 연결이 잘 안 돼서 말이야. 계속 통화 중이거나 아니면 신호에 이상이 있는지 안 받네. 어쨌든 오후 늦게 전화해서 미안. 어떡할까 하다가 폴이라면 아무 때나 전화해서 부탁해도 들어줄 거라는 생각이 들었어. 그래서 말인데 미안하지만 비서실로 가서 시장 조사에 관련된 이메일과 컬러로 인쇄된 자료가 키스에게 보내졌는지, 그리고 내가 여기 사무실에 도착하기 전에 키스가 그 자료들을 전부 받아볼 수 있을지 좀 알아봐줄 수 있을까? 십오 분 후면 사무실에 도착할 거야. 전화 기다릴게, 폴. 고마워, 폴. 그럼 끊을게. 안녕.

메뉴. 전화번호부. 연락처 검색. 앤시아. 통화.

자동 응답기에서 앤시아의 음성이 흘러나왔다.

안녕하세요? 앤시아입니다. 앞으로 이 전화를 사용하지 않을 예정이니 여기에 음성 메시지를 남기지 말아주세요. 휴대전화는 대규모 노예 노동을 통해 생산될 뿐만 아니라 우리로 하여금 현재를 충실히 살지 못하게 하고, 다른 사람들과 진실한 관계를 맺을 수 없게 하며, 우리 스스로를 팔아넘기는 수단이 되기 때문입니다. 전화를 하는 대신 직접 만나러 오시면 진실한 대화를 나눌 수 있을 거예요. 감사합니다.

(맙소사.)

안녕. 나야. 오늘은 목요일이고 지금 시간은 다섯시 십 분 전이야. 내 말 들리니? 여기가 너무 시끄러워서, 우습지만 나도 내 목소리가 잘 안 들려. 그건 그렇고 나는 지금 회의에 참석하러 가는 길인데 레스터 광장 뒤쪽으로 공원 같은 곳을 지나다가 셰익스피어 동상을 보았어. 네가 좋아할 거라는 생각이 들었지. 게다가 이 초쯤 후에 맞은편을 보자 놀랍게도 거기에 찰리 채플린 동상이 서 있지 뭐야! 그래서 그 얘기를 해주려고 전화했어. 지금은 트래펄가광장으로 나왔어. 사람들이 무척 많아. 분수에서 물이 나오고, 날이 너무 더워서 사람들이 물속에서 뛰어 돌아다니고 있어. 그리 위생적으로 보이진 않아. 여기선 너무나 많은 사람들이 반바지 차

림으로 돌아다니고, 코트를 걸친 사람은 아무도 없어. 아, 얼마나 더운지 나도 코트를 벗어야 했지. 저쪽에 넬슨 제독 동상이 있네! 그렇지만 너무 높아서 잘 보이지 않아. 지금은 동상 바로 밑을 지나고 있는데, 그건 그렇고 그냥 한번 전화해봤어. 여기 내려와 유명한 것들을 볼 때마다 어렸을 때 같이 텔레비전을 보며 우리가 과연 넬슨 제독의 동상이 놓여 있는 승전 기둥과 빅벤을 실제로 볼 날이 있을까 궁금해하던 기억이 나서. 지금은 승전 기둥 바로 밑에 있는 횡단보도에서 녹색불이 들어오기를 기다리고 있는데, 사방에서 다양한 외국어가 들리네. 한꺼번에 이렇게 많은 외국어를 듣는다는 건 정말이지 흥미로운 일이야. 아, 지금은 관공서처럼 보이는 건물들이 죽 늘어서 있는 길을 걷고 있어. 음, 그냥, 돌아가서 보자는 말을 하려고 전화했어. 내일이면 돌아갈 거야. 이제 잠깐 지도를 들여다보아야겠는걸. 가방에서 지도를 꺼내야 해. 그만 끊을게. 잘 있어. 안녕.

종료.

(폴에게서는 아직도 전화가 없다.)

(앤시아는 내 음성 메시지를 듣지 못할 것이다. 일주

일 후면 자동으로 삭제될 테니까.)

(그렇지만 전화기에 대고 말을 하자 불안감이 가셨다. 종잡없는 말을 아무렇게나 늘어놓았을 뿐인데도.)

(어쩌면 상대방이 내 말을 들을 일이 없으리라는 것을 알 때 이야기하기가 더 편해지는지도 모른다.)

(이 무슨 우스운 생각인가. 웬 말도 안 되는 생각인가.)

여기가 스트랜드 거리인가?

(앤시아는 셰익스피어 작품이라면 모두 좋아하지. 그리고 그 영화도 좋아했어. 멋지게 차려입은 사람들이 참석한 가운데 동상에 씌워진 하얀 휘장을 벗기자 그 동상의 팔에 안겨 곤히 잠들어 있던 찰리 채플린이 드러나는 영화. 나중에 채플린은 운 좋게 얻은 돈을 전부 눈먼 소녀의 개안 수술에 쓰지만, 그녀가 눈을 뜨자 오히려 스스로를 더 초라하게 느끼게 되지. 그건 비극이었어. 전혀 코미디가 아니었지.)

(폴에게서는 여전히 전화가 없다.)

(길 안내판이 안 보이네. 길을 잘못 들었나.)

(아, 저것 좀 봐. 도로 한복판에 흥미로운 게 있네. 저게 뭐지? 기념관 같은 건가? 사방에 군인과 노동자들의 옷이 걸려 있네.)

(그렇지만 조금 이상한걸. 마치 사람들 몸이 속에 들어 있는 것처럼 옷에 형체가 잡혀 있어. 그리고 남자들 옷이지만 주름 선이 여자들이 입었을 때처럼 떨어지고.)

(맞아, 저건 전쟁에 나가 싸운 여인들을 위한 동상이야. 아, 이제 알았다. 저건 그 여인들이 입었던 옷이로구나. 다른 사람의 옷을 잠깐 빌려 입었다가 방금 전에 벗어놓은 듯한 모양이네. 그래서 옷에 여인들의 몸매가 그대로 드러나 있구나. 평소에 잘 입지도 않는 군복과 작업복에 말이야.)

(런던에는 동상이 정말 많아. 저기에도 말 위에 높이 올라앉은 동상이 하나 있네. 누굴까? 측면에 쓰여 있긴 한데 잘 보이지가 않아. 살아 있을 때에도 실제로 저런 모습이었을까? 채플린의 동상은 실물과 전혀 안 닮았어. 그리고 셰익스피어의 동상은…… 글쎄, 알 길이 없지.)

(폴에게서는 여전히 연락이 없다.)

(왜 그 여인들은 얼굴과 몸은 없이 옷으로만 남겨졌을까?)

(너무나 많은 여자들이 전쟁에 나가서, 그들 모두를 상징적으로 나타내야 했던 것일까?)

(아니야. 전쟁 기념관에 있는 병사들의 동상에는 늘

얼굴이 있잖아. 그들은 단지 옷뿐만 아니라 육신을 지
닌 실존 인물들이었어.)

(옷만 전시하는 편이 더 나았을까? 예술성이나 의미
면에서 말이야. 거기에 있지 않은 편이 보다 더 상징적
이고 더 나았을까?)

(앤시아라면 알 텐데.)

(만약 넬슨이 모자와 재킷만으로 표현되었다면 어땠
을까? 채플린은 때로 모자와 신발과 지팡이, 또는 모자
와 콧수염으로만 표현되지만, 그건 그가 너무 잘 알려
진 인물이라 사람들이 그것만으로도 그를 알아보기 때
문이지.)

(우리 할머니는 두 분 다 전장에 나가셨지. 그 기념관
에 있는 옷들은 우리 할머니들의 옷이야.)

(우리 할머니들의 얼굴은? 외할머니의 얼굴은 사진
에서나 보았을까, 실제로는 본 적이 없어. 우리가 태어
나기도 전에 돌아가셨으니까.)

(폴은 여전히 감감무소식이다.)

길 안내 표지판에 화이트홀이라고 쓰여 있다.

길을 잘못 들어섰다.

(맙소사, 이모겐, 대체 제대로 할 줄 아는 게 뭐지?)

되돌아가야겠다.

내가 바라는 것은, 하고 키스가 말했다. 우리 회사의 제품이 사람들의 생활 속에 깊이 침투해들어가는 거요.

그렇죠! 내가 말했다.

내가 바라는 것은 어떤 사람이 아침에 일어나 밤에 잠자리에 들 때까지 자신도 모르는 사이에 삶의 모든 영역에서 퓨어 사의 지배를 받게 되는 것이오.

그의 아내가 커피를 끓일 때 커피 머신에 넣는 물은 퓨어 사가 수질을 관리하는 물이어야 하고, 그녀가 여과지에 커피를 넣고 토스트에 버터를 바르고 과일 바구니에서 사과를 꺼낼 때 그 각각의 제품은 퓨어 사가 운송과 판매를 담당하는 제품이어야 하오. 그가 아침 식탁에서 신문을 읽을 때 그 신문은 타블로이드판이 되었건 베를리너판*이나 대형판이 되었건 퓨어 사 소유의 신문사에서 발행한 것이어야 하고, 그가 컴퓨터를 켤 때 서버는 퓨어 사의 것이어야 하고, 아침 식사 때 보는

---

* 〈베를리너 차이퉁〉 〈르 몽드〉 등의 유럽 신문들이 채택하고 있는 판형으로, 타블로이드판보다는 크고 대형판보다는 작다.

텔레비전 프로그램은 퓨어 사가 최대 주주인 방송사에
서 제작한 것이어야 하오. 그의 아내가 아기 기저귀를
갈 때 그 기저귀는, 그녀가 이제 막 삼키려고 하는 이부
프로펜* 두 알과 그녀가 하루 동안 복용하는 다른 모든
약들과 마찬가지로 퓨어 제약회사에서 만든 것이어야
하고, 아기가 먹는 이유식은 퓨어 사가 생산하여 유통
시키는 유기농 이유식이어야 하오. 그가 최근에 구입한
보급판 서적을 서류 가방에 찔러 넣거나 그의 아내가
오후의 독서 모임에서 책을 읽을 때 그 책은 퓨어 사 소
유의 열두 개 출판사 중 하나에서 출간되어 퓨어 사 소
유의 대형 서점 체인 세 군데 중 한 곳에서 직접 또는
온라인으로 구입한 것이어야 하며, 온라인으로 구입했
을 경우 퓨어 사 소유의 택배회사에서 배달한 것이어야
하오. 그리고 고급 포르노 영화를 보고 싶을 경우, 아,
이런 말을 해도 괜찮을지…….

나는 고개를 끄덕였다.

(사람들이 그런 말을 할 때면 나는 늘 그들과 마찬가
지로 미소를 짓곤 한다.)

---

* 비스테로이드성 진통 소염제.

……그럴 경우 직장까지 가는 동안 퓨어 사의 오 칼레도니아로 목을 축이며 노트북이나 휴대전화에 퓨어 사 소유의 방송 채널에서 제공하는 포르노를 받아 보아야 하오.

(그렇지만 나는 조금 불편한 마음이 들면서 살짝 실망이 되었다. 키스는 고작 창의성 강좌나 들려주려고 런던에서 이 신도시 외곽의 사무실까지 특별히 운전기사까지 딸린 차를 내주어 나를 오게 한 것일까?)

하지만 아직까지는 아침 시간에 불과하오. 키스가 말했다. 우리의 퓨어맨은 아직 회사에 도착하지도 않았으니까. 여태까지는 하루의 시작일 뿐이고, 그 이후로도 하루 종일 얼마나 많은 일들이 일어나겠소? 이제까지 우리는 그의 아내와 아기의 일상을 아주 살짝 엿보았을 뿐이고, 그의 열 살 난 아들과 십대 딸에 대해서는 아직 시작도 하지 않았소. 그만큼 퓨어 사의 제품이 도처에 깔려 있다는 뜻이오. 퓨어 사는 세계 경제의 중요한 한 축을 담당하고 있어요.

그렇지만 무엇보다도 중요한 것은 퓨어 사가 이름처럼 순수하다는 점이오. 시장에서도 순수하다고 인식되어야 하고 말이오. 퓨어 사는 생수 뚜껑에 쓰여 있는 대로 실천하는 회사요. 내 말이 무슨 뜻인지 알겠소?
에…… 에……

이모겐이에요, 키스. 네, 알 것 같아요, 키스. 내가 말
했다.

키스는 장황한 설명을 늘어놓으며 사무실들을 구경
시켜주었다. 일하는 사람들은 거의 보이지 않았다.

(모두들 퇴근했나보네. 어쨌든 벌써 일곱시니까.)

(최소한 한두 명은 남아 있었다면 좋았을 텐데. 아까
그 운전기사라도. 하지만 그는 나를 내려준 후 곧바로
차를 출발시켰다.)

(햇빛이 비스듬히 비껴들어 눈을 가늘게 뜨고 키스를
보는 것밖에 달리 할 수 있는 일이 없다.)

그래요, 키스. 내가 말했다.

(그가 별다른 말은 안 했어도.)

(키스는 내가 보낸 자료에는 전혀 관심을 보이지 않
는다. 내가 두 번이나 그 얘기를 꺼내려 했는데도.)

……일조 달러 규모의 물 시장이오. 키스가 말했다.

(나도 다 아는 이야기다.)

……우리는 당연히 독일인들로부터 '템스 워터'를
넘겨받을 계획을 세우고 있고, 얼마 전에는 꽤 괜찮아

보이는 네덜란드 회사를 사들였소. 중국과 인도에서의 사업도 전망이 밝고 말이오. 그가 말했다.

(역시 다 아는 이야기다.)

그래서 말인데, 에…… 에…… 그가 말했다.

이모겐이에요. 내가 말했다.

그래서 말인데, 이모겐, 당신이 본부인 이곳으로 와 주었으면 하오. 키스가 말했다.

(여기가 본부라고? 밀턴킨즈가?)

…… DND 팀을 맡아주었으면 해요. 키스가 말했다.

(내가! 팀장이 된다고!)

(세상에!)

고마워요, 키스. 내가 말했다. 그런데 정확히 어떤 일을……?

당신의 타고난 재능을 발휘하는 일이오. 그가 말했다. 당신은 말주변이 좋은 데다 자연스럽게 논의의 방향을 이끌어나가는 재능이 있어요. 현장 경영에 대해서도 잘 알고, 방송 매체를 다루는 데도 능숙하며, 무엇보다도 글재주가 뛰어나지 않소. 지금 DND 팀에는 여성의 손길이 필요한데, 이 점을 인정하기는 내가 처음이지만, 어쨌든 절실히 필요해요. 회사에서는 당신의 능력, 즉 선량하고 좋아 보이며, 적절한 말을 할 줄 알고, 필요한 경우 카메라 앞에도 설 수 있으며, 외압에 굴하지 않고, 무언가 잘못되었을 경우 남자처럼 용감하게 비난을 감수하는 능력에 어떠한 보답이라도 할 것이오.

우리는 모두 똑같이 생긴 사무실 중 하나 앞에 멈춰 섰다. 키스가 암호 버튼을 누르자 문이 열렸다. 그는 한 걸음 물러서서 내게 안을 들여다보라는 몸짓을 했다.

사무실 안에는 책상과 컴퓨터, 의자, 전화기, 소파 등이 모두 새것으로 구비되어 있었고, 잎사귀에 윤기가 도는 화분도 하나 있었다.

퓨어 사의 주요 담론부(Dominant Narrative Dept.)요. 그가 말했다. 당신의 새 사무실에 온 것을 환영하오.

퓨어 사의……? 내가 말했다.

내가 당신을 안고 문지방을 넘어야 하겠소? 그가 말했다. 들어가서 책상 앞에 앉아봐요! 거기가 당신 자리니까! 당신을 위해 구입한 거요! 어서 가서 앉아보라니까!

나는 문간에서 움직이지 않았다. 키스가 성큼성큼 걸어 들어가더니 책상 뒤편의 회전의자를 빼내어 내 쪽으로 밀어 보냈다. 나는 의자를 붙잡았다.

앉아요. 그가 말했다.

나는 문간에서 그 의자에 앉았다.

키스가 다가와 의자의 등받이를 잡고 회전시켰다.

(그러자 부흐트 공원으로 공연을 보러 갔을 때의 일이 생각났다. 거기엔 소녀들을 태운 놀이 기구를 눈이 핑핑 돌 정도로 빠르게 회전시켜 우리 모두를 천치처럼 웃게 하던 소년이 있었는데……)

키스의 머리가 내 머리 옆으로 다가오는가 싶더니 내 오른쪽 귀에 대고 말했다.

당신의 첫번째 임무는 오늘 아침 인디펜던트 지에 난 기사를 반박하는 글을 쓰는 게 될 거요. 당신도 읽었겠지만……

(맙소사, 아직 못 읽었는데.)

……생수 제품의 수질 검사 기준이 수돗물에 비해 얼마나 덜 엄격한지에 대한 기사 말이오. DDR이 필요해요. 에, 에.

DD……? 내가 말했다.

비방 기사에 대한 반박(Deny Disparage Rephrase) 말이오. 키스가 말했다. 상상력을 발휘해서 적극적으로 대응해야 하오. 수돗물에 적용되는, 이른바 표준검사 중 얼마나 많은 항목이 쓸데없고, 개중에는 해롭기까지 한 것도 있는지, 과학자들은 뭐라 주장하고 있으며 통계 수치는 어떠한지, 우리가 자체적으로 조사한 자료와 그들의 터무니 없는 자료가 어떻게 다른지 등등에 대해 쓰는 거요. 당신이 반박문을 쓰면 나머지는 우리가 알아서 할 테니까.

(내가 무얼 해줬으면 하는 거지?)

두번째 임무는 좀더 어렵겠지만, 그래도 당신은 잘해낼 거요. 인도에 있는 우리 공장 인근에 사는 소수민족이 댐 건설에 반대하고 나섰소. 그 댐은 이미 3분의 2가 건설되어 곧 그 일대의 네 개 공장에 전력을 공급하게 될 터인데 말이오. 그들은 댐이 물을 가두는 바람에 농사를 망쳤다고 주장하고 있소. 여기에 대해 우리는 그들이 불만투성이의 소수민족으로, 우리를 야비한 종교전쟁에 끌어들이려 한다는 식으로 몰아가는 거요. 필요하다면 '테러리즘'이라는 단어를 사용해요. 무슨 말인지 알겠소?

(무얼 하라고?)

(이 의자는 안정감이 떨어진다. 키스의 팔 아래로 느껴지는 약간의 흔들림에 멀미가 난다.)

연봉은 오만 오천 파운드에서 시작하여 매년 상향 조정될 거요. 처음 두 가지 임무를 잘해내고 나면 재협상이 가능하고 말이오. 키스가 말했다.

(그렇지만 그것은…… 잘못된 일이다.)

우리 같은 사람들은, 하고 키스가 말했다.

(키스의 복부가 내 눈 가까이로 다가왔다. 바지 중앙 부분이 불룩하니 솟아 있는 게 보였다. 게다가 그는 내가 이것을 보아주기를 바라고 있었다. 그는 분명 옷 속에 감추어진 자신의 발기된 물건을 내게 보여주고 있었다.)

…… 영국에 본부를 둔 퓨어 사의 하늘에 찬연히 빛나는 별이오. 나는 당신이 이 일을 해낼 수 있으리라는 것을 알아요. 에, 에……

(나는 내 이름을 말하려고 했지만 말이 나오지 않았다. 입 안이 바싹 말라 있었기 때문이다.)

(그가 자신의 아랫도리가 발기된 것을 내게 보여주려고 사전에 이 멀리까지 와서 의자 높이를 맞추어두는 것은 얼마든지 가능한 일이다.)

……고위 경영진으로서는 유일한 여성으로서……
그가 말을 계속했다.

(나는 아무 말도 할 수가 없었다.)

(그러자 마지막으로 물을 마시고 싶었던 때가 떠올랐다.)

(나는 한 잔의 물이 어떤 의미인지를 생각해보았다.)

나는 할 수 없어요. 내가 말했다.

당신은 할 수 있소. 그가 말했다. 당신은 어리석은 여자가 아니니까.

그래요, 나는 어리석지 않아요. 내가 말했다. 그런 말도 안 되는 이야기를 지어내어 그것이 사실인 척할 수는 없어요. 인도 사람들을 생각해보세요. 그들에게는 그 물을 사용할 권리가 있어요.

그렇지 않아요, 이 조그만 스코틀랜드 아가씨야. 키스가 말했다. 2000년도에 세계의 물 현황을 주제로 열린 '세계 물 포럼'에 의하면 물은 인간의 기본권이 아니라 인간이 필요로 하는 거요. 다시 말해 물을 판매할 수 있다는 뜻이오. 우리는 인간이 필요로 하는 것을 팔 수 있어요. 그것은 인간으로서 우리의 기본적인 권리요.

키스, 그건 말도 안 돼요. 당신은 말을 이상하게 하는군요.

키스는 의자를 빙빙 돌리더니 내가 일어설 수 없게끔

의자 팔걸이에 손을 짚고 내 쪽으로 몸을 기울였다. 그러고는 엄숙한 얼굴로 나를 바라보면서 경고의 의미로 의자를 살짝 흔들었다.

나는 고개를 저었다.

그건 어불성설이에요, 키스. 내가 말했다. 그렇게 할 수는 없어요.

그건 국제 사회에서 용인된 거요. 그가 말했다. 당신이 어떻게 생각하든 그게 법이오. 나는 내 생각대로 할 거고, 이와 관련하여 당신이나 다른 누군가가 할 수 있는 일은 아무것도 없소.

그렇다면 그 법은 바뀌어야 해요. 나는 어느새 이렇게 말하고 있었다. 그것은 잘못된 법이니까요. 그리고 그와 관련하여 내가 할 수 있는 일은 많아요. 내가 무엇을 할 수 있느냐 하면, 음, 나는, 나는 가능한 한 큰 소리로 이런 일이 일어나서는 안 된다고 외칠 수 있어요. 내가 할 수 있는 모든 곳에서 말이죠. 그런 일을 미연에 방지할 수 있을 만큼 많은 사람들이 내 말에 귀를 기울일 때까지요.

내 목소리는 점점 더 커졌다. 그러나 키스는 미동도 안 했다. 눈도 깜짝하지 않았다. 그는 여전히 의자의 팔걸이를 붙잡고 있었다.

당신의 성이 뭐였더라? 그가 조용히 물었다.

나는 숨을 들이쉬었다.

건이에요. 내가 말했다.

그는 고개를 저었다. 마치 그 자신이 내게 이름을 지어준 사람이기라도 하듯이. 마치 내가 어떤 이름으로 불릴지는 그가 결정한다는 듯이.

퓨어 사에 걸맞은 이름은 아니로군. 그가 말했다. 유감이오. 당신이 우리 회사에 잘 어울린다고 생각했는데.

내 안에서 그의 발기된 물건만큼이나 큰 무언가가 치밀어 올랐다. 분노였다.

그 분노가 나를 일으켜 세웠다. 내가 비틀거리며 한 발 앞으로 나서자 그는 나와 머리가 부딪치지 않도록 한 발 뒤로 물러서야 했다.

나는 심호흡을 하고 정신을 가다듬은 후 차분히 말했다.

여기서 기차역까지 어떻게 가지요, 키스? 택시를 타야 하나요?

택시를 기다리는 동안 나는 본관의 여자 화장실에서 구토를 했다. 다행히 토하는 데는 익숙해서 옷에 오물을 묻히거나 하지는 않았다.

(그러나 억지로 노력하지 않고도 저절로 토하기는 수 개월 만에 두번째다. 이 사실을 나는 본부를 출발하는 택시 안에서 깨달았다.)

나는 런던으로 돌아왔다. 나는 런던을 사랑한다! 나는 유스턴과 킹즈크로스 사이를 거닐었다. 마치 늘 그래왔던 것처럼. 마치 내가 런던의 거리를 걷는 이 모든 사람들 중 하나인 듯이.

나는 북상하는 마지막 침대차의 앉아서 가는 칸에 가까스로 자리를 얻었다.

여행 중에 나는 같은 칸에 탄 다른 세 사람에게 퓨어사와 인도 사람들에 대한 이야기를 들려주었다.

잉글랜드 사람들은 겉으로는 자신만만해 보이지만 실제로는 스코틀랜드 사람들만큼이나 수줍음이 많고 예의 바르며, 개중에는 아주 좋은 사람들도 있다.

그렇지만 나 역시 듣는 이가 다른 데를 쳐다보거나 자리를 옮기지 않게끔 이야기하는 방법을 터득해야 할 것이다.

나는 거의 텅 비다시피 한 기차칸에 앉아서 몇 명의 낯선 사람들에게 세상사의 이모저모를 거의 고함치다시피 말하고 있으면서도 그 뭐랄까, 어떤 특별한 느낌에 사로잡혔다.

정신이 아주 말짱하다는 그런 느낌.

나는 기운이 넘쳤다. 너무나 원기왕성해서 이 완행열차보다 내가 더 빠르게 이동하고 있는 듯한 느낌이었다. 에너지가 가득 충전되어 있는 느낌. 총알이 장전된 건!

노섬벌랜드 어딘가에서 기차는 다시 속도가 느려졌고, 나는 내 성이 유래한 우리 가문의 이야기, 다른 부족의 족장에게 구애를 받았지만 그를 좋아하지 않아 청혼을 거절했다는 건 일족의 한 소녀에 대한 이야기를 떠올렸다.

그 거절당한 족장은 어느 날 건 일족의 성으로 와서 건이라는 성을 가진 사람들은 모두 죽이고, 아니 건 씨이든 아니든 그 소녀의 방으로 가는 길에 맞닥뜨린 사람들은 죄다 죽여버리고는 방문을 부수고 강제로 소녀를 취했다.

그후 그는 그녀를 수마일 떨어진 자신의 성채로 데리고 돌아가 말을 들을 때까지 탑에 가둬두었다.

그러나 그녀는 뜻을 굽히지 않았다. 결코. 대신 그녀

는 탑에서 뛰어내려 스스로 목숨을 끊었다. 하!

나는 옛 조상과 관련한 이 이야기가 병적인 데가 있다고 생각해왔다. 그러나 오늘 밤, 아니 이 새벽에 이쪽과 저쪽의 경계를 가로지르는 이 열차 안에서 방금 전에 소개한 것과 같은 그런 이야기는 현재 자신이 처해 있는 상황을 돌아보게 해준다. 현재 자신이 처해 있는 다행스런

(혹은 불행한)

상황을.

그러니 내 말을 들어주기 바란다. 지금 잠들어 있는 다른 두 명의 승객도, 차창 밖으로 서서히 사라져가는 세상의 모든 것들도, 모두 내 말에 귀 기울여주기를…… 나는 이모겐 건이다. 결코 굴하지 않는 기백을 지닌 가문의 후예다. 그리고 그, 뭐라더라, 주요 담론과는 반대가 되는 나라의 국민이다. 내 안에는 온통 하일랜드의 아드레날린이 용솟음친다. 내 안에는 스코틀랜드의 웃음과 스코틀랜드의 분노가 가득하다. 퓨어사! 하!

기차는 서서히 저지대의 바다, 우리 모두의 바다 옆을 지나고 있다. 여름날 아침의 맑고 투명한 빛 속에서,

우리 모두의 물이 가득한 호수와 강의 들쭉날쭉한 제방을 지난다.

그때 휴대전화를 확인해보아야겠다는 생각이 들었다.

부재중 전화 일곱 통—모두 폴에게서 온 것이다!

이건 징조다!

(생각해보면 나는 그가 내게 어울리지 않는 사람이라 여겼던 것 같다.)

야심한 시각, 아니 꼭두새벽이었지만 나는 음성 메시지를 확인하지 않고 곧장 그에게 전화를 걸었다.

폴, 나야. 자는 걸 깨웠어?

아니, 괜찮아. 그가 말했다. 실은 자다 깨긴 했어. 하지만 이모겐……

내 말 좀 들어봐, 폴. 내가 말했다. 하고 싶은 말이 있어. 바로 내가 폴을 정말 좋아한다는 거야. 내 말은, 내가 당신을 정말로, 정말로 좋아한다는 뜻이야. 우리가 처음 만난 그 순간부터 좋아했어. 그때 당신은 냉수기 앞에 서 있었는데. 기억 나?

이모겐…… 그가 말했다.

당신도 알 거야. 내가 당신을 좋아한다는 걸. 우리 사이에는 무언가 통하는 게 있어. 무슨 말인지 알지? 서로 떨어져 있어도 상대방이 어디서 무얼 하고 있는지 알 것 같은.

이모겐…… 폴이 말했다.

이런 말을 하기는 뭣하지만 만약 당신도 나를 사랑하고 또 당신이 게이가 아니라면, 우리는 이 문제와 관련하여 무언가를 해야 해. 내가 말했다.

게이? 그가 말했다.

무슨 말인지 알 거야. 내가 말했다. 아니, 당신은 몰라.

이모겐, 술 마셨어? 그가 말했다.

물을 마셨을 뿐이야. 내가 말했다. 여성스럽다고 다 동성애자라는 법은 없지만, 어쨌든 당신은 매우 여성스러워 보여. 나쁜 의미에서 말고 좋은 의미에서. 당신에게는 여성적인 원칙들이 많이 엿보여. 나는 알아. 본능적으로 알아. 남자들에게는 드문 자질이지. 나는 당신의 그런 점이 정말 좋아. 실은 그 점을 사랑해.

내 말 좀 들어봐. 나는 밤새 내내 당신과 통화하려고 애썼어. 왜냐하면…… 그가 말했다.

인쇄물 때문에 그러는 거라면 신경 쓰지 마. 내가 말했다. 그건 이제 중요하지 않으니까. 인쇄물 이야기를 하려고 전화한 건 아니야. 그냥 당신에 대한 내 감정을 표현하고 싶었어. 인쇄물 따위는 이제 아무래도 상관없어. 나는 더이상 퓨어 사의 직원이 아니니까.

인쇄물 때문에 전화한 게 아니야. 폴이 말했다.

당신은 나를 좋아하지 않을지도 몰라. 내 말을 듣고 당황했을 수도 있고. 그렇다고 너무 마음 쓸 것 없어. 나도 그럴 테니까. 나는 성인이고, 금방 괜찮아질 거야. 다만 당신에게 말해주고 싶었을 뿐이야. 늘 속으로만 느끼고 겉으로 표현하지 못한다거나, 말을 할 때 과연 내가 올바른 표현을 사용하고 있는지 속으로 되새기는 데도 이제 지쳤으니까. 어쨌든 나는 용감해지기로 했어. 그래야 할 것 같아서. 내가 한 말에 대해서는 너무 신경 쓰지 마.

내 안에서 말이 봇물 터지듯 쏟아져 나왔다. 그건 폴이었다, 내 안의 보를 터뜨린 사람은!

그러나 폴은 끼어들 기회가 생기자마자 이렇게 말했다.

이모겐, 내 말 좀 들어봐. 당신 동생에 관한 일이야.

심장이 내려앉는 것 같았다. 심장 박동 이외의 다른 모든 것은 의식 밖으로 사라져갔다.

내 동생이 어떻게 됐는데? 그애한테 무슨 일이 생겼

어? 내가 말했다.

기차역에는 폴이 기다리고 있었다.

회사에는 왜 안 나가고? 내가 말했다.

대신 여기 왔잖아? 그가 말했다.

그는 내 가방을 자신의 차 트렁크에 넣고 차 문을 잠갔다.

좀 걷자. 그가 말했다. 그러는 편이 더 잘 보여. 첫번째 것은 이스트게이트 센터 벽에 쓰여 있어. 시내로 진입하는 도로에는 교통량이 많아서 차 안에 있는 사람들은 신호를 기다리는 동안 그 내용을 다 읽을 수 있을 거야. 어떻게 그렇게 높은 데까지 올라가서 그토록 오랫동안 아무런 제지도 받지 않고 그 일을 할 수 있었을까.

그는 나를 이끌고 막스 앤 스펜서 매장을 지나 십오 야드가량 더 내려갔다. 확실히, 신호 대기 중인 차 안의 사람들은 내 머리 위쪽의 무언가를 바라보고 있었다. 보다 자세히 보려고 차창 밖으로 고개를 내민 사람까지 있었다.

나는 뒤를 돌아다보았다.

벽 위쪽으로 거대한 선홍색 글씨가 쓰여 있었는데, 전에 퓨어 사 간판에서 보았던 것과 같은 필체였다. 그리고 그 가장자리에는 바로크 풍 액자의 아름다운 금빛 테두리가 실물과 흡사하게 그려져 있었다. 글 내용은 이랬다. 전 세계적으로 이백만 명의 여아가 사내아이가 아니라는 이유로 출산 시 또는 그 이전에 죽임을 당한다. 이는 공식 기록에 의한 것이다. 비공식 집계에 의하면 사내아이가 아니라는 이유로 죽임을 당한 여아는 오천팔백만 명이 더 있으며, 이 둘을 합하면 그 숫자는 육천만에 이른다. 그 밑에는 보통 때보다는 훨씬 크지만 눈에 익은 필체로 이렇게 쓰여 있었다. 이것은 바뀌어야 한다. 2007년. 전령사 소녀, 이피스와 이안테.

세상에. 내가 말했다.

그러게. 폴이 말했다.

그렇게나 많은 여자아이가. 나는 폴이 내 말을 오해했을까봐 이렇게 말했다.

글쎄 말이야. 폴이 말했다.

육천만이라니. 내가 말했다. 어떻게 그런 일이? 요즘 같은 세상에 어떻게 그런 일이 있을 수 있지? 어떻게 우리가 그 사실을 모를 수 있지?

이제 알았잖아. 그가 말했다. 지금쯤은 인버네스 시민의 대다수가 알고 있고, 그보다 더 많은 사람들이, 훨씬 더 많은 사람들이 알고 있을 거야.

또다른 곳은? 내가 말했다.

그는 상점가를 지나 시내의 타운하우스로 연결되는 보도로 나를 이끌었다. 거기에는 몇몇 사람들이 지켜보는 가운데 작업복을 입은 남자 두 명이 타운하우스 건물 정면의 벽에 붉은색 스프레이로 쓰여 있는 글자들을 문질러 닦아내고 있었다. 현재 전 세계 어느 나라에서도 여성은 남성과 동등한 임금을 받고 있지 못하다. 이것은 바뀌어야

테두리의 절반과 날짜와 서명의 일부가 지워졌지만 아직도 알아볼 수는 있었다.

글이 지워지지 않게 하려면 불침번을 서야겠네. 내가 말했다.

폴은 나를 데리고 타운하우스를 한 바퀴 돌았는데, 측면의 벽 하나가 금빛 테두리에 둘러싸인 선홍색 글자들로 가득 메워져 있었다. 세계 전역에서 여성은 남성과 같은 일을 하고도 30~40퍼센트 더 적은 보수를 받고 있다. 이는 부당한 처사이며, 바뀌어야 한다. 2007년. 전령사 소년,

이피스와 이안테.

이런 짓을 하다니, 아마 가톨릭교도의 소행일 거예요. 한 여자가 말했다.

에이, 관광산업에 막대한 지장을 초래하겠군요. 다른 누군가가 대꾸했다. 도시 전체가 이런 것들로 도배가 되어 있는데 누가 관광을 오려 들겠어요? 아무도 안 오지.

이래 가지고는 금년에 브리튼 인 블룸*에서 우승을 하기는 다 틀렸지 뭐야. 그녀의 친구가 말했다.

인버네스에서 또다시 〈앤틱 로드 쇼〉**가 열리는 일도 없을 테고 말이죠. 다른 사람이 말했다.

이건 수치예요! 또다른 사람이 말했다. 30에서 40퍼센트가 더 적다니!

그러게요. 그녀의 옆에 있던 남자가 말했다. 그게 사실이라면 정말 불공평한데요.

---

* Britain in Bloom. 꽃과 나무로 지역사회의 환경을 아름답게 가꾸는 운동. 영국 원예 학회에서 주관하는 행사로, 매년 몇 개의 범주(대도시, 해안 휴양지, 작은 시골 마을 등) 안에서 심사위원을 파견, 심사한 뒤 메달 수상식을 거행한다.
** 골동품을 감정해주는 TV 프로그램. 고미술품 전문가가 영국의 각 지방을 돌며 지역 주민이 의뢰해온 골동품의 진위 여부와 가치를 알려준다.

그런데 왜 소년들이 이런 글을 썼을까요? 한 여자가 말했다. 어쩐지 자연스럽지가 않군요.

　너무나 당연한 일 아니에요? '이건 수치'라고 말한 여자가 말했다. 70년대와 80년대의 혼란기를 거쳤으니 이제는 성차별이 없으려니 하고 모두들 생각하고 있지 않았겠어요?

　에이, 그렇지만 이곳 인버네스에서는 누구나 평등하잖아요. 먼젓번 여자가 말했다.

　꿈속에서나 평등하겠죠. 수치 소리를 한 여자가 말했다.

　평등하든 평등하지 않든 그것이 타운하우스 전체를 이런 글로 도배할 이유는 되지 않아. 그녀의 친구가 말했다.

　수치 소리를 한 여자가 뭐라 반박하는 동안 우리는 건물의 측면을 돌아 정면으로 갔다. 정문 위의 벽에는 현관 바닥에 건물 이름이 칠해진 모양과 똑같이 아치형으로 붉은색 글자들이 배열되어 있었다. 여성이 소유한 부는 전 세계 부의 1퍼센트밖에 되지 않는다. 2007년. 전령사 소녀, 이피스와 이안테.

　강 건너의 성당 벽에도 거대한 붉은색 글씨가 보였

다. 뭐라고 쓰여 있는지는 알 수 없었지만 붉은 글자가 쓰여 있다는 것은 알 수 있었다.

인상을 쓰며 글을 읽으려 애쓰는 나를 보고 폴이 말했다. 해마다 전 세계적으로 이백만 명의 소녀가 강제 결혼을 당한다고 쓰여 있어. 또 이든코트 극장의 유리 문에는 전 세계 여성의 3분의 1이 성폭력이나 가정 폭력에 희생되고 있으며, 이는 여성이 다치거나 사망에 이르는 주된 원인이라고 쓰여 있고.

그다음부터는 나도 보여. 내가 말했다. 이것은 바뀌어야 한다고 쓰여 있네.

우리는 캐슬이라는 이름의 그 타운하우스 난간에 기대섰다. 폴은 그 밖에도 다른 어떤 건물들에 어떤 내용의 글이 쓰여 있으며, 경찰에서 어떻게 퓨어 사에 전화를 걸어 나를 찾았는지에 대해 이야기해주었다.

당신 동생과 그녀의 친구는 둘 다 레이모어 서에 구류되어 있어. 그가 말했다.

로빈은 내 동생 친구가 아니야. 내가 말했다. 그애의 반려자지.

그래. 폴이 말했다. 이제 그리로 가보자. 보석금을 준비해야 할 거야. 내가 구해보려 했지만 은행에서 대출을 안 해주더라구.

잠깐만. 내가 말했다. 내기해도 좋아.

무슨 내기? 그가 말했다.

플로라 맥도널드* 동상에도 무언가 쓰여 있다는 데
보석금의 두 배를 걸겠어. 내가 말했다.

나한테는 그럴 만한 돈이 없다구. 그가 등 뒤에서 소
리쳤다.

나는 플로라 맥도널드의 동상이 있는 곳으로 달려 내
려갔다. 플로라는 손으로 햇빛을 가린 채, 자신의 도움
으로 여장을 하고 잉글랜드 군을 따돌린 보니 프린스
찰리**가 그때 그 복장 그대로 배를 타고 네스 강을 거
슬러 그녀에게 돌아오기를 기다리는 모습이었다.

나는 동상 주위를 세 번 돌면서 받침대에 쓰여 있는
글을 읽었다. 이 센티미터 높이의 작지만 또렷한 붉은
글씨로 이렇게 쓰여 있었다. 전 세계적으로 기업의 고위직
임원 중 여성은 2퍼센트에 불과하다. 전 세계 내각의 각료 중
여성이 차지하는 비율은 3.5퍼센트이며, 전 세계 구십삼 개

---

* 1746년의 반란이 실패한 후 찰스 에드워드 공의 피신을 도움으로써
스코틀랜드의 영웅이 된 여성.
** '예쁜 왕자 찰리'라는 뜻으로, 찰스 에드워드 공의 별명.

국가에는 여성 각료가 존재하지 않는다. 2007년. 전령사 소년, 이피스와 이안테.

좋은 친구 플로라. 나는 동상 받침대를 어루만졌다.

폴이 나를 따라잡았다.

가서 차를 가져올 테니 여기서 잠깐 기다려. 그가 말했다. 차를 타고 언덕을 올라가서……

먼저 집에 좀 들렀으면 하는데. 내가 말했다. 샤워를 하고 아침 식사를 하게. 그러고는 잠시 이야기를 나눈 뒤 내 '저항군'을 타고 경찰서로 가는 거야.

무얼 타고 간다고? 하지만 우리는 지금 당장 경찰서로 가야 해, 이모겐. 벌써 하루가 지났다구. 폴이 말했다.

그렇다면 당신은 나와 이야기하고 싶지 않다는 거야? 내가 말했다.

글쎄, 실은 나도 그러고 싶어. 할 말이 참 많아. 그가 말했다. 그렇지만 먼저 경찰서로 가는 편이……

나는 고개를 저었다.

전령사 소년/소녀 들은 그 안에 있는 것을 자랑스러워할 거야. 내가 말했다.

오, 그가 말했다. 그런 식으로는 생각해보지 못했는걸.

경찰서 사람들은 점심때까지 기다리라지. 내가 말했

다. 그때쯤 가서 보석금을 내면 돼. 그러고는 모두 함께 무언가를 먹으러 가는 거지.

잠자리에서 폴은 아주 훌륭했다.

(다행히도.)

(흠, 그가 잘해낼 줄 알았어.)

(아니, 그러기를 바랐지.)

당신이 나를 맞이하는 듯한 느낌이었어. 나중에 그가 말했다. 묘한 기분이었지.

(내가 그를 처음 본 순간의 느낌이 바로 그랬다. 서로 의 눈을 들여다볼 수 없을 때조차도 나는 늘 그런 느낌 을 받는다.)

오늘 아침 기차역에서 나도 당신이 마중을 나와준 것 같은 느낌이 들었는데.

하하, 우습다. 그가 말했다.

우리는 둘 다 천치처럼 웃어댔다.

그 어느 때보다 기분 좋은 웃음이었다.

(늘 기차역에서 서로를 맞이할 때의 기분이면 좋을 텐데, 하고 나는 속으로 생각했다. 우리가 같은 기차를

타고 있지 않다면 말이야.)

나는 폴에게 이런 내 생각을 들려주었다.

나는 우리가 늘 기차역에서 만날 때와 같은 기분으로 지내야 한다고 생각해. 같은 기차를 타고 있지 않다면 말이야. 내가 너무 많은 것을 소리 내어 말했나? 내가 말했다.

목소리가 너무 작았어. 큰 소리로 외쳤어야 했는데. 그가 말했다.

우리가 다시 사랑을 나눌 때 밖에서는 비가 쏟아졌다. 잠시 후, 창문 위쪽의 막힌 배수관에서 굵은 빗방울이 지속적으로 떨어지는 리드미컬한 소리가 들려왔다. 그 소리는 사방으로 흩뿌리는 빗물과 대비되면서도 묘한 조화를 이루었다.

내가 이토록 비를 좋아하는지 미처 몰랐다.

폴이 커피를 타러 아래층으로 내려가고, 나는 욕실로 갔다. 작은 거울 속에 내 얼굴이 보였다.

나는 큰 거울이 있는 앤시아의 방으로 갔다. 그러고는 침대 모서리에 걸터앉아 거울 속에 비친 내 모습을 응시했다.

이젠 8호를 입어도 헐렁헐렁할 것 같다.

(이곳저곳에 뼈마디가 앙상해. 여기도, 여기도, 또 여기도.)

(이게 좋은 걸까?)

내 방으로 돌아오니 의자 위에 걸쳐놓은 옷이 보였다. 그러자 기념관에서 본 옷들이 떠올랐다. 부드러워 보이지만 쇠로 만든 옷들이.

(오랫동안 나는 나의 내면보다 외양이 더 중요하다고 생각해왔어.)

욕실에서 폴이 움직이는 소리가 들려왔다. 그가 샤워기를 틀었나보다.

그는 나뿐만 아니라 세상의 모든 것을 틀고 켠다. 하하.

폴이 내 샤워기를 사용한다고 생각하니 마음이 흐뭇했다. 어찌된 영문인지 나는 십대 때부터 샤워를 하며 혼자 생각하고 질문하는 버릇이 있었다. 매일 샤워를 하는 몇 분간, 마치 앤시아와 내가 어릴 때 침대 옆에 꿇어앉아서 하던 것처럼 허공에다 대고 뭐라 중얼거리기를 얼마나 오래 지속해왔는지 모른다.

(저에게 적당한 체구와 늘씬한 몸매를 허락해주세요. 좋은 딸, 좋은 언니가 되게 해주세요. 괴롭거나 슬프지

않게 해주세요. 가정이 깨어지지 않게 해주세요. 행복한 사람이 되게 해주시고, 상황이 더 나아지게 도와주세요. 이것은 바뀌어야 한다.)

나는 자리에서 일어나 경찰서에 전화를 걸었다.

전화를 받은 사람은 믿을 수 없을 만큼 허물없이 굴었다.

아, 네. 그가 말했다. 그래서 당신이 찾는 사람이 전령사 소년인가 뭔가 하는 사람이오? 아니면 일곱 난쟁이 중의 하나인가? 누굴 바꿔줄까요? 여기엔 얼뜨기, 콜록이, 투덜이, 얌전이, 잠꾸러기, 싸움패 등 무수히 많다오. 그러니 아무나 말만 해요.

내 동생인 앤시아 건과 통화하고 싶어요. 그리고 그런 꼬리표를 함부로 지어 붙이다니 정말 무례하군요. 내가 말했다.

그런, 뭐요? 그가 말했다.

세월이 흐르면, 하고 내가 말했다. 당신과 인버네스의 모든 경찰관은 먼지가 잔뜩 내려앉은 낡은 컴퓨터에 저장된 명단으로 남을 뿐이지만 전령사 소녀/소년 들은 전설이 될 거예요.

으흠. 그가 말했다. 미즈 건, 전화를 끊고 잠시 기다리시구려. 곧 당신 동생을 찾아 전화하게 할 테니.

(전화를 기다리는 동안 나는 정식으로 항의할까 생각해보았다. 내 동생이 나 이외의 다른 사람에게 놀림거리가 되는 것은 참을 수 없는 일이다.)

어디 갔었어? 내가 전화를 받자 동생이 말했다.

앤시아, 너는 지금 네가 그 우스꽝스러운 이름으로 하고 돌아다니는 일들이 세상을 바꿀 거라 생각하니? 정말 몇 마디 말로 세상의 모든 불평등과 고통과 불의와 고난이 조금이라도 덜어지리라 생각하는 거야?

응. 앤시아가 말했다.

그래, 좋아. 내가 말했다.

좋아? 앤시아가 말했다. 화 안 났어? 정말 나한테 화 안 난 거야?

화 안 났어. 내가 말했다.

화 안 났다고? 앤시아가 말했다. 정말이야?

그래. 하지만 경찰서에서는 처신을 잘해야 할 거야. 내가 말했다.

알아. 앤시아가 말했다. 우리도 그럴 생각이야.

너와 그 날개 달린 신발을 신은 소녀 말이지? 내가 말했다.

로빈을 비웃는 거야? 앤시아가 말했다. 그렇다면 나도 언니의 오토바이에 대해 또다시 야유를 퍼부어줄 테니까.

하하. 내가 말했다. 원한다면 내 헬멧을 빌려줄게. 하지만 필요없을 것 같구나. 내 헬멧에는 로빈의 헬멧처럼 날개가 달려 있거나 하지는 않으니까.

어? 앤시아가 말했다.

옛날이야기에서 인용한 말이야.

어? 앤시아가 말했다.

'어?'라고 말하지 말고 '뭐라고?'라거나 '다시 한번 말해봐' 하고 말해. 내 말은 로빈이 메르쿠리우스 같다는 뜻이야.

누구 같다고? 앤시아가 말했다.

메르쿠리우스. 내가 말했다. 너도 알잖아. 거 왜, 날개 달린 신발을 신고 다닌 최초의 전령 말이야. 잠깐만 기다려. 아래층에 내려가서 신화 사전을 가져올 테니……

아냐, 아냐, 밋지. 아무 데도 가지 말고 그냥 듣기만 해. 앤시아가 말했다. 오래 통화하지 못하니까. 아빠한테 도와달라고 할 수는 없어. 로빈도 도움을 청할 사람이 아무도 없고. 이번 한 번만 도와줘. 다시는 이런 부탁 안 할게.

알았어. 정말이지 그 킬트는 몹시도 벗어버리고 싶을 거야. 나는 웃음을 터뜨렸다.

다 웃었으면, 하고 앤시아가 말했다. 갈아입을 옷 좀 가져다줘.

그런데 너희들 둘 다 괜찮은 거지? 내가 말했다.

괜찮아. 하지만 되도록이면 빨리 좀 와줘. 도미닉이나 노먼, 또는 그 밖의 누구에게든 한 삼십 분쯤 나갔다 오겠다고 말해놓고 퓨어 사에서 빠져나와 우리를 좀 꺼내달란 말이야. 보석금은 나중에 갚을 테니. 약속할게.

그래야 할 거야. 내가 말했다. 나는 이제 실업자니까.

어? 앤시아가 말했다.

실업자라구. 내가 말했다. 회사를 그만두었다고.

설마! 앤시아가 말했다. 무슨 일 있었어? 뭐가 잘못됐어?

아무 일도 없었고 모든 일이 일어났지. 내가 말했다. 퓨어 사의 모든 게 잘못되었어. 세상의 모든 게 잘못되었고. 하지만 너는 이미 알고 있었어.

진심으로 하는 말이야? 앤시아가 말했다.

응, 진심이야. 내가 말했다.

와. 앤시아가 말했다. 어떻게 이런 일이?

뭐라고? 내가 말했다.

어떻게 이런 기적이 일어났느냐고. 언니가 천상의 존재로 바뀌는 기적이 말이야.

어느 친절한 손길이 건네준 한 잔의 물 덕분이지. 내가 말했다.

어? 앤시아가 말했다.

'어?' 소리 좀 그만 하라니까. 어쨌든 조금 있다 가볼게.

어, 급하다는 말을 강조해도 될까? 앤시아가 말했다.

하지만 먼저 화원에 들러 씨앗과 구근을 좀 살 생각이었는데. 내가 말했다.

급하고 급하고 급하고 급하다고. 앤시아가 말했다.

그러고는 늦은 오후와 초저녁을 강둑에서 보낼 생각이었지.

급하다니까. 앤시아가 수화기에다 대고 소리를 질렀다.

씨앗을 심어서, 내년 봄, 신비롭게도 잔디 위에 멋진 슬로건이 나타나게 하는 거야. 비는 우리 모두의 것이다 라거나 제2의 성 따위는 없다, 퓨어 사 타도=멋진 생각 등등의 슬로건이.

오, 그거 아주 좋은 생각인걸. 앤시아가 말했다. 강둑에 씨앗을 심는 것 말이야. 정말 기막힌 아이디어야.

네가 만든 슬로건은 너무 늘어져. 내가 말했다. 전부 긴 문장들밖에 없으니, 원. 좀더 짧게 다듬어야 해. 네겐 슬로건 만드는 것을 도와줄 창의적인 사람이 필요해. 그리고 슬로건에 대한 얘기가 나와서 말인데……

밋지, 그만 하고 빨리 좀 와줘. 앤시아가 말했다. 갈아입을 옷 가져오는 거 잊지 말고.

그 '슬로건'이라는 말이 게일어에서 왔던가? 흥미로운 역사를 지닌 단어인데……

그만, 그만, 그만. 앤시아가 말했다. 정확한 표현이니 올바른 어법이니 하는 따위는 그만 잊어버리고 제발 빨리 와서 우리 좀 꺼내줘, 밋지. 알았지? 밋지? 듣고 있어?

(하하!)

마법의 주문이 뭐였지? 내가 말했다.

모두
함께

독자여, 나는 그/그녀와 결혼했다.

해피엔딩으로 끝난 것이다. 놀랍고도 신비해라.

합법적인 결혼식을 올렸다거나 합법적인 부부가 되었다는 뜻은 아니다. 다만 수세기가 지나도록 불가능했던 일을 우리가 해냈다는 얘기다. 요즘 같은 시대에도 기적처럼 여겨지는 일을 해낸 것이다. 우리는 결혼했다. 아름다운 신부가 되어 화려하게 성장을 하고, 결혼행진곡에 맞춰 행진을 하고, 축가를 불렀다. 목수들아, 대들보를 높이 올려라, 그녀와 같은 신부/신랑은 일찍이 없었으므로. 우리는 서로의 머리에 화관을 씌워주고 리넨에 싸인 유리잔을 밟고, 빗자루 위를 건너뛰고, 초에 불을 붙이고, 테이블 주위를 돌고, 서로의 주위를 돌았다. 은수저에 꿀과 호두를 떠서 서로에게 먹여주었고, 차와 사케*를 먹여주었고, 서로를 위해 달콤한 차를 만들었다. 예쁜 천으로 덮인 보르하니**를 먹여주었고, 네 원소를 나타내는 레몬과 식초, 고추, 꿀을 먹여주었다. 우리는 서로의 손을 잡고 공기와 불, 물, 흙의 축복을 구했다. 조개껍질을 꿴 줄과 은색 밧줄, 풀과 리본으로 매듭을 짓고, 바람의 네 방향을 향해 물을 부으며 조상들에게 증인이 되어달라고 청했다. 서로에 대한 헌신을 상징하는 콜라 열매를 교환하고 의(義)와 부(富), 다산을 상징하는 달걀과 대추야자, 밤을 교환하고, 지속적인 자기 희생을 상징하는 금화 열세 닢을 교환했다. 이러한 고리들을 통해 우리는 하나가 되었다.

검푸른 물이 스코틀랜드 북부의 도시를 관통하며 빠르게 흐르는 네스 강. 장로파 교회들이 죽 늘어서 있는 그 강변, 꽃이 만발한 나무 밑에서 우리는 서로를 내어주고 서로를 받아들이기로 맹세했다. 즐거울 때나 괴로울 때나, 성할 때나 아플 때나, 일생 동안 신의를 지키

---

* 일본 술.
** 요구르트에 여러 가지 향신료를 넣은 방글라데시의 전통 음료.

며 죽음이 우리를 갈라놓을 때까지 서로 아끼고 사랑하며 서로 돕고 살기로 말이다.

네스 강이 그 증인이다.

강물이 지켜보는 가운데 우리는 엷은 공기를 가르며 허공에다 대고 그렇게 맹세했다. 지금까지도 그렇게 살아왔고 앞으로도 그렇게 살아갈 것이라고.

우리는 그곳에 우리밖에 없는 줄 알았다. 성당 바깥의 나무 밑에 있는 사람들이 우리들뿐인 줄 알았다. 그러나 우리가 서약을 마치자 등 뒤에서 기쁨의 함성이 들려왔다. 뒤돌아보니 수백 명은 족히 돼 보이는 사람들이 박수치고 환호하며, 색종이 가루를 뿌리고 손을 흔들며 축하해주었다.

언니가 반려자인 폴과 함께 맨 앞줄에 서서 행복한 미소를 짓고 있었다. 폴 역시 행복해 보였는데, 머리를 기르고 있었다. 언니가 믿을 수 없다는 몸짓을 해 보이며 근처에 있는 한 부부를 가리켰다. ―저기 좀 봐! 설마 부모님이? ―정말이었다. 엄마와 아빠가 나란히 서 계셨다. 두 분은 언쟁을 하지 않고 예의 바르게 대화를 이어가는 중이었으며, 내 눈앞에서 술잔을 맞부딪쳤다.

이 결혼식이 부적절하다는 이야기를 하고 계시는 걸 거야. 밋지가 말했다.

나는 고개를 끄덕였다. 몇 년 만에 처음으로 의견이 일치하신 거지. 내가 말했다.

이 이야기에 등장하는 사람들 모두가 거기 모여 있었다. 안내 데스크의 베키와 두 명의 실습생인 샨텔과 로레인, 샨텔과 데이트를 하던 브라이언, 그리고 앞에서 나오지는 않았지만 금세 브라이언을 좋아하게 된 샨텔의 어머니, 처음 로빈을 붙잡은 두 명의 경비원을 비롯한 퓨어 사의 전 직원이 나와서 미소를 지으며 손을 흔들어주었다. 그러나 노먼과 도미닉—이름이 맞나 모르겠다—은 거기 없었다. 그들은 승진하여 본부로 옮겨 갔다고 한다. 어쨌든 적어도 내 눈에는 보이지 않았으며, 최고위층인 키스 역시 안 보였다. 그러나 시청 직원 전원과 극장과 쇼핑몰, 타운하우스 등 우리가 벽에 글을 쓰고 돌아다닌 건물의 몇몇 관계자들이 참석해주었다. 인버네스 시경의 남성 합창단이 멋진 화음으로 길버트와 설리번의 노래를 불러주었고, 인버네스 경찰서의 여성 합창단이 그에 못지않은 아름다운 목소리로

〈돈차〉*를 불러주었다. 그다음에는 시장의 호소력 짙은 연설이 이어졌다. 그녀가 말했다. 예로부터 네스 호의 괴물로 유명했던 인버네스가 이제 새로운 어떤 것, 다시 말해, '평등'과 '예술', 그리고 '평등의 예술'로 유명해졌습니다. 인버네스는 이제 인도주의적이고 활기 넘치는 대중 예술로 널리 알려져, 관광객의 숫자가 예전에 비해 네 배나 늘었습니다. 특히 공공 전시물을 보러 오는 사람들은 수천 명이 더 늘었습니다. 〈앤틱 로드 쇼〉뿐만 아니라 〈송즈 오브 프레이즈〉〈퀘스천 타임〉〈뉴스나이트 리뷰〉 등 몇몇 텔레비전 프로그램에서 모두 슬로건이 쓰여 있는 유명한 벽 앞에서 녹화를 할 수 있게 허가해달라는 요청이 들어왔습니다. 인버네스에서 시작된 이 같은 예술 활동은 다른 도시와 마을로도 번져가겠지만, 그 어느 곳도, 앞으로 시 경계 안으로 진입하는 고속도로 입구마다 진심으로 환영합니다. 잘못된 것을 발견하면 적어주세요! 와 같은 새로운 슬로건이 나붙게 될 우리 인버네스에는 견줄 바가 못 될 것입니다.

---

* 미국의 여성 6인조 팝 밴드 푸시캣돌스가 부른 〈Don't Cha Wish Your Girlfriend Was Hot Like Me〉. 국내에서도 얼마 전 한 휴대전화 광고의 배경음악으로 쓰여 널리 알려졌다.

정말 끔찍한 슬로건이로군. 내가 로빈에게 귀엣말을 하자 그녀가 대답했다.

네 언니 작품이야. 분명 시청의 창의력 연구팀에 들어갈 생각으로 만든.

너희 가족은 어디 있어? 내가 묻자 로빈은 그들이 있는 곳을 가리켰다. 그들은 베누스 여신과 아르테미스 여신, 디오니소스 신 등과 함께 음료수 테이블 근처에 있었다. 로빈의 아버지와 어머니는 어린 큐피드를 어르고 있었는데, 큐피드의 화살 때문에 애를 먹고 계셨다. (사실 나중에 로레인이 화살촉에 손가락을 찔려 소란이 일기도 하고, 아르테미스 여신과 샨텔이 해질녘에 강둑에서 타운하우스 옆의 잔디밭을 뛰어다니는 토끼에게 화살을 쏘아서 더 큰 문제가 생기기도 했다. 고도 근시인 샨텔이 지나가는 차량 넉 대에 손상을 입혀 그에 대한 보상을 해주어야 했던 것이다. 샨텔이 영원히 처녀로 남겠다고 선언하는 바람에 브라이언은 낙심천만이었다. 그러니까 샨텔의 어머니가 따라온 것은 결국 다행이었다.)

그다음에는 사람들의 축하 인사가 이어졌다. 밋지가 결혼식에 오지 못한 사람들이 보내온 축전을 소리 내어 읽었다. 네스 호의 괴물은 축하 인사말과 함께 오래되어 녹이 슨 해저 레이더 스캐너와 친필 서명이 든 사진 몇 장, 그리고 아름다운 은제 나이프 세트를 선물로 보내왔다. 존 녹스*가 보내온, 테두리의 절반은 금색이고 절반은 검은색인 축전에는 영령으로라도 함께하지 못해서 미안하다는 말과 함께 다음과 같은 시가 적혀 있었다.

여러분을 위해 건배.
여러분은 어떤 사람들인가요?
그 수가 너무 많아 한마디로 말하기는 어렵겠지요.
하지만 모두들 죽을 운명의 사람들.
그러나 내가 무슨 말을 할 수 있을까요?
오늘은 결혼식 날인 것을.
그러니 이제 다 같이 잔을 들어요.
그리고 신랑 신부에게 행복을 빌어주어요.

우리는 축하 인사를 들으며 건배를 했다. 명예와 부

* 스코틀랜드의 종교 개혁가.

와 행복과 사랑이 영원히 지속되며 날로 늘어가기를, 매 시간 기쁨으로 충만하며 유노 여신의 축복이 함께하기를, 바닷물이 모두 마르고 바위가 햇볕에 녹아내릴 때까지 우리의 영원한 여름이 결코 이울지 않기를, 길(道)이 일어나 우리를 맞이하고 신이 우리를 그의 손에서 내려놓지 않기를…… 개 한 마리가 뒷발로 서서 위스키를 마셔대고 있었고, 그 당당한 모습으로 보아 이시스 여신이 틀림없을 한 여신이 피로연 내내 진흙으로 새로운 하객들을 빚어내고 있었다. 아름다운 그리스인 부부 한 쌍이 다가와 우리에게 악수를 청했다. 그들은 자신들 역시 신혼부부라고 소개한 뒤 우리에게 결혼식을 올리기까지의 과정은 어떠했는지, 자신들처럼 힘들지는 않았는지 물었다. 그리고 자신들은 그 과정이 너무 힘들어 결혼에 이르지 못할 줄 알았지만 마침내 결혼식을 올렸고 지금은 아주 행복하다며 우리에게도 행복을 빌어주었다. 그들은 또 크레타로 신혼여행을 가면 그곳에 사는 그들의 가족이 우리를 환영해주리라고 말해주었고, 그래서 우리는 그렇게 하기로 했다. 로빈과 나는 결혼식을 마친 후 그 멋진 섬으로 서둘러 갔다. 섬의 표면은 들꽃과 마요라나, 세이지, 타임 등으로 켜켜

이 덮여 있었고, 바위를 뚫고 나온 흰색과 분홍색, 노란색의 조그마한 꽃들도 있었다. 사방에서 허브와 소금, 바다 냄새가 풍겨왔다. 우리는 이피스 이야기가 유래한 곳에 가보았고, 재건된 궁전의 붉은 칠을 한 기둥 사이에 서 보았고, 박물관에 가서 고대의 그림들, 돌진하는 황소의 등 위에서 재주를 넘을 만큼 날렵한 운동선수와 곡예사들과 소년 소녀를 그린 그림들을 보았다. 우리는 홍수로 모든 것이 쓸려 내려가기 이전, 교양 있고 부유하며 세련된 미노아인 식인종들이 살던 곳에 서서 그들의 제의와 관련된 이야기를 떠올렸다. 해마다 일곱 명의 소년과 일곱 명의 소녀를 황소 머리를 한 괴물에게 바친 이야기와, 날개를 발명하고, 또 황소에게 제물로 바쳐진 소년 소녀가 미궁에서 빠져나올 방법을 고안해 낸 그 영리한 장인을 떠올렸다.

다시 결혼식장으로 돌아가보면, 그곳에서는 이제 떠들썩한 음악 소리가 들려오고 있었다. 가장 성대한 결혼식장에는 반드시 나타난다는 붉은 얼굴의 전설적인 풍각쟁이가 와 있었기 때문이다. 그는 술을 한잔 걸치고 바이올린을 꺼내 들었다. 그의 손끝에서 바이올린의 나무와 말총과 현과 수지는 한 마리 지빠귀가 되었고,

한목소리로 세상의 모든 저녁을 노래하는 무수한 지빠귀 무리가 되어 날아올랐으며, 행복한 연어의 알이 되어 쏟아져 나왔고, 오랜 기다림 끝에 항구로 돌아온 배가 되었으며, 아직은 서로를 모르던 두 사람이 바로 그 자리, 돌이 풀로 뒤덮이고 경계가 사라지는 그 자리에서 서로 만나기를 기다리는 복된 그리움이 되었다. 그것은 사물의 흐름을 노래하고 축복받은 강물을 노래하는 선율이었으며, 풍각쟁이가 친구 악사와 함께 연주할 때 그의 손에 닿는 모든 것(호루라기, 손풍금, 하프, 기타, 빈 깡통과 그것을 두드릴 막대나 돌멩이)은 아름답고 환상적인 화음으로 바뀌었다. 나무와 풀이 더 잘 들으려고 몸을 들썩일 뿐 아니라 나뭇가지와 잎사귀들이 공중으로 솟아오르고, 갈매기들이 날개로 박수를 치며, 하일랜드의 모든 개들이 기뻐 짖어대고, 모든 집의 지붕이 들썩거리며, 마을 도로의 포석이 박혀 있던 곳에서 몸을 일으켜 발끝으로 춤을 추고, 오래된 성당조차도 그 기초를 이루는 탄탄한 지반에서 몸을 빼내 환희 작약하게 하는 그런 음악으로.

그때 강물 위로 그 경이로운 작은 배가 떠올랐다. 한 번도 배가 뜬 적이 없는 강물 위로 모습을 드러낸 그 배에는 양이나 소의 뿔, 혹은 여신의 형상을 한 두 개의 거대한 돌출부가 있었으며, 나무와 하늘을 배경으로 바람을 가득 안은 흰 돛이 보였다. 그 배가 어떻게 호수의 섬들 사이를 빠져나왔는지, 바람을 가득 안은 거대한 돛을 달고 어떻게 인퍼머리 다리 밑을 통과했는지 우리는 알지 못한다. 그러나 그 배는 그 불가능한 일을 해냈다. 배는 네스 강을 따라 내려오다가 우리가 서 있는 강둑 바로 밑에 정박했다. 타륜을 쥐고 있는 사람은 우리 할머니였고, 할아버지는 밧줄을 던지고 있었다. 로버트와 헬렌 건이 결혼식 피로연에 맞춰 항해에서 돌아온 것이다.

우리는 물속에서 무언가 일어나고 있음을 알아차렸다! 할머니가 뭍에 오르며 큰 소리로 우리를 불렀다. 결코 잊을 수 없는 장면이었다.

안녕, 얘들아, 잘들 지냈니? 세상도 너희에게 친절하게 대해주었고? 낚시는 어땠어? 근사한 물고기를 낚았니? 할아버지는 이렇게 말하며 우리를 얼싸안고 머리를 쓰다듬어주었다.

두 분은 처음 항해를 시작하던 날보다 더 젊어 보였다. 햇볕에 그을려 구릿빛으로 변한 피부는 탄탄해 보였고, 얼굴과 손에는 둥치처럼 나이테가 그려져 있었다. 두 분은 로빈과 폴을 만났고, 그들을 한 가족처럼 얼싸안았다.

할머니는 폴과 커네이디언 반 댄스*를 추었다.

할아버지는 로빈과 게이 고든스**를 추었다.

음악과 춤은 밤이 이슥하도록 계속되었다. 실은 밤이 지나고 동이 틀 때까지, 여명이 밝아올 때까지 계속되었다.

아, 이제 알았다.

나는 꿈을 꾸고 있는 것이다.

내 말은 우리가 강둑의 나무 밑에서 허공, 즉 우리를 만들어내고 이제 우리의 말에 귀 기울이고 있는 허공에다 대고 우리가 진정 우리 자신을 넘어서고자 한다고

---

* Canadian Barn Dance. '하일랜드 반 댄스'라고도 불리는, 스코틀랜드 민속춤의 일종.
** Gay Gordons. 스코틀랜드 민속춤의 일종.

약속했다는 뜻이다.

내가 하고 싶은 말은 바로 그것이다. 그게 전부다.

돌을 던지자 수면 위로 퍼져가는 동그란 파문. 길 위의 목마른 여행자에게 건네준 한 잔의 물. 이런 것들은 사물이 한데 모일 때 일어나는 일들이다. 수소가 산소를 만나고 옛 이야기가 현재의 이야기를 만날 때 일어나는 일들. 돌이 물을 만나고, 물이 소녀를 만나고, 소녀가 소년을, 소년이 새를, 새가 손을, 손이 날개를, 날개가 뼈를, 뼈가 빛을, 빛이 어둠을, 어둠이 눈(目)을, 눈이 말(言)을, 말이 세상을, 세상이 사막의 모래를, 모래가 갈증을, 갈증이 굶주림을, 굶주림이 꿈을, 꿈이 현실을, 현실이 같음을, 같음이 다름을, 다름이 죽음을, 죽음이 삶을, 삶이 끝을, 끝이 완전히 새로운 시작을 만날 때 일어나는 일들이다. 늘 무언가 새로운 것을 발명해내는 자연은 다른 어떤 것에서 어떤 무언가를 만들고, 어떤 무언가를 가지고 다른 어떤 것을 만든다. 그 무엇도 영속하지 않으며, 그 무엇도 사라지지 않고, 그 무엇도 소멸하지 않는다. 사물은 늘 변화하기에 변할 수 있으며, 사물은 늘 달라질 수 있기에 달라질 것이다.

우리가 강을 건널 수 있도록 밧줄을 던져주는 것은

언제나 이야기들이다. 이야기는 우리가 크레바스에 빠지지 않도록 높이 들어 올려주고, 우리를 타고난 곡예사로 만들어준다. 우리에게 용기를 불어넣어주고, 우리를 따뜻이 맞이하며, 우리를 변화시킨다. 이야기에는 근본적으로 그런 힘이 있다.

세상에는 온갖 종류의 물고기가 있단다. 할아버지가 다가와 내 귀에 대고 말했다. 그러고는 따스한 온기가 남아 있는 돌멩이를 내 손에 쥐여주었다. 나는 그 돌을 던질 준비가 되었다.

안 그러냐, 앤시아?

맞아요, 할아버지. 내가 말했다.

감사의 말

버닝 릴리의 이야기는 2006년 비라고 출판사에서 간행한 질 리딩턴의 『모반을 꿈꾸는 여인들 *Rebel Girls*』에 나오는 릴리언 렌튼의 생애에서 각색하였습니다.

이피스 신화는 오비디우스의 『변신이야기』 9권에서 따왔습니다. 행복한 한 쌍이여, 신들에게 선물을 바치고 기뻐하라. 두려워 말고 확신을 가져라. 이 이야기는 그 책 전체를 통해 가장 유쾌한 변신이야기이자, 변화에의 갈망이 가장 행복한 결말로 이어지는 이야기입니다.

4장 「그들」에 나오는 통계는 전 세계의 소외된 여성

들을 돕고 그들의 권리와 목소리를 되찾아주는 것을 목표로 하는 영국의 자선단체 Womankind(www.womankind.org.uk)에서 확인한 것입니다.

키스의 논리 중 일부는 사회학자인 J. P. 조지프가 수도 사업 분야의 세계적인 기업 비벤디 유니버설에 대해 쓴 2001년도 논문을 모드 발로와 토니 클라크가 『푸른 황금 Blue Gold』에서 인용한 부분에서 차용하였습니다. 반다나 시바의 글들도 물의 정치학과 관련하여 전 세계에서 일어나는 일들을 이해하는 데 도움이 되리라 생각하며, 필립 볼의 『물의 전기 H₂O: A Biography of Water』 또한 여러 가지 새로운 사실들과 함께 '물의 사용이 왜곡되어' 있음을 알려주고 있습니다.

샌드라, 감사합니다. 재닛, 감사해요.
레이철과 브리짓, 캐시어, 모두 고마워요.
ASFC의 로빈과 히라니에게도 감사의 마음을 전합니다.
앤드루와 와일리 에이전시의 모든 사람들, 특히 트레이시에게 감사드려요.

고마워요, 애냐.

고마워요, 루시.

고마워요, 새라.

지은이 **알리 스미스 Ali Smith**

1962년 영국 스코틀랜드 인버네스 출생. 애버딘 대학을 졸업하고 케임브리지 대학에서 박사학위를 받았다. 1995년 데뷔작인 단편집 『자유 연애』로 샐타이어 상과 스코틀랜드 예술협회상을 수상했다. 이후 두 권의 단편집과 네 편의 장편소설, 한 편의 희곡을 썼다. 2004년 작 『사고』로 휘트브레드 상을 수상하고, 부커 상과 오렌지 상 후보에 올랐다. 최근작 『소녀, 소년을 만나다』는 2007 클레어 맥클린 상 후보에 올랐다.

옮긴이 **박상은**

이화여자대학교 영문과를 졸업하고 같은 대학교 교육대학원에서 석사학위를 받았다. 옮긴 책으로는 『젠틀맨&플레이어』 『이카루스 소녀』 『C. S. 루이스와 함께한 하루』 『빌 블라이슨 발칙한 미국학』 『아빠가 선물한 여섯 아빠』 외 다수가 있다.

세계신화총서 8

소녀, 소년을 만나다

1판 1쇄 2008년 4월 15일 | 1판 3쇄 2012년 3월 9일

지은이 알리 스미스 | 옮긴이 박상은 | 펴낸이 강병선
책임편집 김진경 오영나 | 저작권 김미정 한문숙 박혜연
마케팅 정민호 김도윤 박보람 | 온라인 마케팅 이상혁 장선아
제작 안정숙 서동관 김애진 | 제작처 한영문화사(인쇄) 우진제책사(제본)

펴낸곳 (주)문학동네
출판등록 1993년 10월 22일 제406-2003-000045호
주소 413-756 경기도 파주시 문발동 파주출판도시 513-8
전자우편 editor@munhak.com | 대표전화 031) 955-8888
팩스 031) 955-8855 | 문의전화 031) 955-8890(마케팅) 031) 955-8861(편집)
문학동네카페 http://cafe.naver.com/mhdn

ISBN 978-89-546-0536-6 04840
89-546-0048-4 (세트)

www.munhak.com

세계신화총서

세계적 거장들이 새로 쓰는 **21세기를 위한 만신전**萬神傳

신화의 역사 카렌 암스트롱 지음 | 이다희 옮김

문명과 역사와 종교에 대한 해박한 지식을 바탕으로 쓴 신화 역사 개론서. 신화가 어떻게 진화해왔는지, 그리고 왜 우리가 아직도 신화를 간절히 필요로 하는지를 간결하고도 명쾌한 문장으로 설명한다.

페넬로피아드 마거릿 애트우드 장편소설 | 김진준 옮김

페미니즘 문학의 세계적 거장 마거릿 애트우드가 다시 쓴 21세기의 오디세이아. 오디세우스의 아내인 페넬로페에게 새로운 삶과 리얼리티를 불어넣고, 고대 미스터리에 대한 답을 내놓는다.

무게 재닛 윈터슨 장편소설 | 송경아 옮김

20세기의 가장 촉망받는 작가로 옥스퍼드 영문학사에 등재된 소설가 재닛 윈터슨에 의해 고대 그리스의 두 영웅 아틀라스와 헤라클레스가 다시 태어난다. 세계의 무게를 들어올린 자, 아틀라스에게 바치는 가장 현대적이고 가장 미래적이며 가장 눈물겨운 신화.